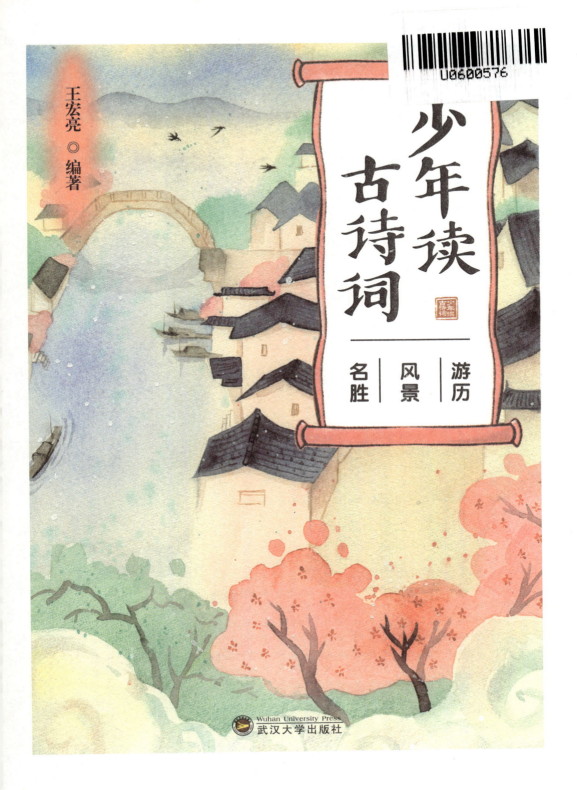

王宏亮 ◎ 编著

少年读古诗词

名胜 | 风景 | 游历

Wuhan University Press
武汉大学出版社

图书在版编目（CIP）数据

少年读古诗词.游历风景名胜／王宏亮编著 .—武汉：武汉大学出版社，
2020.6

ISBN 978-7-307-21471-2

Ⅰ.少… Ⅱ.王… Ⅲ.古典诗歌－诗歌欣赏－中国－少儿读物
Ⅳ.I207.2-49

中国版本图书馆 CIP 数据核字（2020）第 073314 号

责任编辑：黄朝昉　孟令玲　　　责任校对：牟　丹　　　版式设计：晴晨时代

出版发行：**武汉大学出版社**　（430072　武昌　珞珈山）

（电子邮箱：cbs22@whu.edu.cn 网址：www.wdp.com.cn）

印刷：天津东辰丰彩印刷有限公司

开本：710×1000　1/16　　　印张：9　　　　　字数：60 千字

版次：2020 年 6 月第 1 版　　2020 年 6 月第 1 次印刷

ISBN 978-7-307-21471-2　　　定价：32.00 元

序

学生要获得全面优质的发展，就需要在德智体美劳等各方面都花时间下功夫。但是，孩子们没有时间。因为教师和家长对孩子课堂学习成绩的高期望，导致过重的课业负担挤占了孩子们大量的时间。怎么办？提前学还是提高学习效率？或是采取其他方式？

我们认为应该做到"融合"。在编撰本书时，我们立足于让孩子欣赏最美古诗词，培养孩子优秀的性格品质；同时既能够帮助孩子做好课内的学习，也能做好知识拓展；帮助孩子提高背诵古诗词、赏析古诗词的能力和作文能力，达成应试教育与素质培养两不误。所以，我们编选古诗词的原则是，以部编版中小学课本的古诗词为基础，通过赏析与讲解，让孩子巩固课堂所学，使孩子学有所思，也可以作为提前预习古诗词之用。在此基础上，本书扩充了更多的古诗词。扩充的古诗词都是围绕主题进行编排的，比如，在以传统节日——春节为主题的分类下，选编了王安石的《元日》，又扩充了辛弃疾的《青玉案·元夕》，让孩子在同一个情境下，更深刻地体会古诗词的意境，并积累海量素材，促进写作能力的提高。

　　少年读古诗词，能使孩子在古诗词中感受奋发向上的人生，铺垫人生底色，积蓄生命力量。

目录

寄情山水　意蕴悠远

传说典故

江南风光

山中秋游

李　白（701—762 年），字太白，号青莲居士，自言祖籍陇西成纪（今甘肃省泰安县），其出生地尚无确说，其家世、家族皆不详。5 岁时，发蒙读书。20 岁后出川漫游。这期间李白创作了大量诗篇，名满天下，后唐玄宗召他进京为翰林。不久，又被排挤出京浪迹天涯。公元762 年病死于安徽当涂。李白的诗想象新奇，感情强烈，意境奇伟瑰丽，语言清新明快，因此，他被奉为唐代伟大的浪漫主义诗人，有"诗仙"之誉。现存诗900 余首，有《李太白集》传世。

李白与山的不解之缘

独坐敬亭山

❖ （唐）李 白

众鸟高飞尽①，
孤云独去闲②。
相看两不厌③，
只有敬亭山。

注释

①尽：没有了。

②闲：闲适，悠闲。形容云彩飘来飘去，
悠闲自在的样子。

③厌：满足。

赏析

爬山是一件很有趣的事儿。

在山里，你可以尽情地游赏，也可以静静闲坐，思考人生。一天，李白又一次独自来到敬亭山，远眺壮丽山河。

"众鸟高飞尽，孤云独去闲。"这时，鸟群从远方飞来，在空中欢快地盘旋着，瞬间又高飞而去，消失在天空的尽头。远方飘来一片孤独的云，浩渺如烟，轻轻地来，又悠悠地去。前两句描写了敬亭山环境的幽寂、凄清，用景物描写加深了孤寂的氛围。"众鸟"对"尽"，群鸟的动与空无的静相映衬；"高飞"又在空间上将人的视线拉长，营造出虚无之美。"孤"与"独"都是"孤独"的意思，这里出现两次，更强调了孤独之感，犹如缓慢游动在蓝色海洋中的一叶扁舟。

"相看两不厌，只有敬亭山。"后两句用了拟人的修辞手法，一个"只"字，表明诗人除了与山对话外，没有人能与他心灵相通，又加重了诗人的孤独。清风拂过，李白静静地欣赏着敬亭山的美景，怎么都不会感到满足。而敬亭山似乎用同样欣赏的目光注视着李白。二者就这样静静看着，交流着，永远不觉得足够。

虽然孤独的心情并不好受，但李白似乎没有感到有多悲伤，而是在孤独中寻找到了平和之乐。李白用饱含深情的语言，告诉我们孤独也可以是美的。

所谓"知音难觅"，在生活中，我们或许很难遇见"相看两不厌"的人。而永远沉默着的自然风物，就像一面矗立在我们眼前的镜子，我们可以向大自然倾诉，又可以倾听大自然的回答，由此感知自己内心深处的声音。

人，生来孤独。但是有了与自然"相看两不厌"这样深厚的感情，又何尝不是一种幸福？下次爬山，不如试着像李白一样向着自然说说心里话，或许会有意想不到的体验。

望庐山瀑布二首（其二）

❖（唐）李 白

日照香炉①生紫烟，
遥看瀑布挂前川②。
飞流直下三千尺③，
疑是银河落九天④。

注释

①香炉：指香炉峰。

②前川：一作"长川"。川，河流，这里指瀑布。

③三千尺：形容山高。这里是夸张的说法，不是实指。

④九天：极言天高。古人认为天有九重，九天是天的最高层，即天空最高处。此句极言瀑布落差之大。

　　李白是一个很喜欢山的人，因此他一生写了很多与山有关的诗。这首《望庐山瀑布》就是他游历庐山时创作而成的。

　　"日照香炉生紫烟，遥看瀑布挂前川。"远远望去，大片的阳光倾泻在香炉峰上，照见了那缓缓升腾的轻盈紫烟。烟雾中，一条长长的瀑布挂在山前。香炉峰在庐山西北，因为形状像香炉而得名。诗人巧妙地将香炉峰与"烟"写在一起，制造出有趣的联想：原来这香炉峰不仅形状像香炉，还能像香炉一样生出烟雾来呢！诗人仅用一个"生"字，就把香炉峰写活了。

　　第二句中的"挂"字也很生动。我们什么时候用"挂"这个动词呢？比如挂毛巾、挂衣服，都是借助一个点，将某个东西吊在上面。此时的瀑布用"挂"这个动词，就如同一个静止的、垂坠的物体，被神仙提起来挂在山上了。而"川"字，又将瀑布的流动之感写了出来。可不是吗！当我们从远处看瀑布时，总觉得它像静止了一样；等我们凑近了看，才能看出它

翻腾的水花。静中有动，动静结合，瀑布的美感就被准确地描绘出来了。

"飞流直下三千尺，疑是银河落九天。"瀑布从极高的山峰之上飞速流下，如银河从天边垂落般灿烂浩渺。古人常用"三"来表示多，此处的"三千尺"不是说山真的有三千尺高，而是夸张地形容山的高度，进而突出瀑布"飞流直下"的落差之大、速度之快，有雄伟壮阔之感。一个"疑"字连接了想象与现实，我们往往在似像非像的情况下，才会产生怀疑，比直接用"若""似"生动了许多。李白把瀑布比作银河，其实瀑布和银河还真有点像，它们都是银色的，也都是雄伟壮阔的样子。尤其是阳光洒在瀑布上的时候，也会生出一闪一闪的"小星星"来。纵观全诗，庐山瀑布的美在李白的描绘下熠熠生辉。

夜宿①山寺

❖（唐）李　白

危②楼高百尺③，
手可摘星辰④。
不敢高声语，
恐惊天上人。

注释

①宿：住，过夜。

②危：高。危楼在这里指山顶的寺庙。

③百尺：虚指，不是实数，这里形容楼很高。

④星辰：天上的星星的统称。

赏析

　　据说这首诗是李白少年时期的作品，的确，诗作中有种俏皮可爱的童真趣味。在一个清朗的夜晚，花

草们睡了，树木们睡了，小动物们也睡了，深山里一片宁静。在幽蓝的夜空中高远而璀璨的星辰，一闪一闪地，向李白眨着眼睛。在这寂静的深夜，李白登上一座高楼，看着壮美夜色，写下了这首诗。

"危楼高百尺"，开头一个"危"字，写出了楼的高、细，有修长之感，与后句"手可摘星辰"的辽阔相衬托，就像比萨斜塔的危而未倒一样，产生了一种独特浪漫的艺术美感。"危"是高的意思，"百尺"在这里不是真实的高度，是虚指楼宇之高，在古诗中常用"三""百""千"等数字来虚指数目之大。"手可摘星辰"用夸张的修辞手法，衬托了楼之高，并把读者的视线引向壮阔的星河，一个"摘"字，又为夸张增添了不少趣味。

"不敢高声语，恐惊天上人。"站在这么高的地方，李白可不敢大声说话，唯恐惊扰了天上的神仙。这一句是写夜空的宁静、楼宇的高耸。"不敢"与"恐惊"接连出现，仿佛李白就站在熟睡的神仙身边，大声说一句话就能将神仙惊醒似的。后两句不仅写出了楼之高，更为这座楼添了一份仙气。

　　诗人将高耸的楼阁与漫天繁星展示在读者面前，使读者顿生身临其境之感。唯美浪漫的夜空像是一幅幻象，世界安静得连天上的仙人都睡了。诗人在享受这万籁俱寂的静谧时刻，不想将其打破。全诗语言简洁，生动有趣，体现了诗人率真的品格和丰富的想象力。

望天门山

❖（唐）李　白

天门①中断②楚江开③，
碧水东流至此④回⑤。
两岸青山相对出⑥，
孤帆一片日边来⑦。

注释

①天门：指天门山。

②中断：江水从中间隔断两山。

③开：劈开，断开。

④至此：意为东流的江水在这转向
北流。

⑤回：回旋，回转。指这一段江水由于地
势险峻流向有所改变并更加汹涌。

⑥出：突出，出现。

⑦日边来：指孤舟从天水相接处的远方驶来，远远望去，仿佛来自日边。

赏析

　　张家界有一个著名景点叫天门山，但这首诗里写的可不是这座山。诗中所指的天门山在安徽省，分处长江两岸，东岸的叫东梁山，西岸的叫西梁山，合起来就像是上天开了一道门一样，因此被称为天门山。别看它现在不太出名，在过去它可是兵家必争之地。由于地势险要，远至春秋时期的"吴楚长岸之战"，近到"渡江战役第一枪"，都是在这里发生或打响的。险要的地势赋予了它巍峨壮丽之美，悬崖峭壁，乱石怒涛，吸引了李白、杨万里、王安石等著名诗人在此题咏赋诗。这首《望天门山》便是李白在25岁时写下的。

　　那年春夏之交，李白泛舟楚江之上，被眼前的美景所震撼。"天门中断楚江开，碧水东流至此回。"楚江把天门山从中间断开，滚滚东逝的长江水，在此处转而向北流去。楚江即为长江流经旧楚地的一段。这两句夸张地形容楚江能让天门山为它让路，在转弯处留下拍岸惊涛，具有丰富的想象力，极言楚江的气势磅礴。

"两岸青山相对出，孤帆一片日边来。"长江两岸屹立的青翠山峦渐渐出现在眼前，一叶孤舟从水天相接处的尽头驶来，像是来自"日边（天边）"。"出"是出现的意思，站在诗人的视角望去，正是青山在眼前逐渐出现，最终视野开阔，看见一片孤帆从"日边"缓缓而来的一连串动态景象。诗人对细节的重视，增加了画面的流畅感。雄峻险奇的天门山、偌大的太阳，与渺小的一叶白帆形成了鲜明的对比，让我们感到美景仿佛就在眼前。

苏 轼（1037—1101 年），字子瞻，号东坡居士，眉州眉山（今四川省眉山市）人。北宋著名的文学家、书法家、画家。嘉祐二年（1057 年），进士及第。元丰三年（1080 年），因"乌台诗案"被贬为黄州团练副使。哲宗时任翰林学士，曾出知杭州、颍州等，官至礼部尚书。晚年因新党执政再度被贬惠州、儋州。宋徽宗时获赦北还，途中于常州病逝。宋高宗时追赠太师，宋孝宗时追谥"文忠"。苏轼是北宋中期文坛领袖，其诗清新豪健，与黄庭坚并称"苏黄"；其词开豪放一派，与辛弃疾同是豪放派代表，并称"苏辛"；其文豪放自如，与欧阳修并称"欧苏"。为"唐宋八大家"之一。有《东坡七集》《东坡易传》《东坡乐府》等作品传世。

饮湖上初晴后雨二首（其二）

❖（宋）苏 轼

水光潋滟①晴方好②，
山色空蒙③雨亦奇④。
欲⑤把西湖比西子，
淡妆浓抹总相宜⑥。

注释

①潋滟：水波荡漾、波光闪动的样子。

②方好：正显得美。

③空蒙：细雨迷蒙的样子。

④奇：奇妙。

⑤欲：可以，如果。

⑥总相宜：总是很合适，十分自然。

赏析

西湖是杭州的著名景点，又称"潋滟湖"。人们常常把西湖边称作"西子湖畔"，还把西湖和古代四大美女之一的"西子"（西施）联系在一起。

不过，你知道这样的联想从何而来吗？原来这个比喻正出自苏轼的《饮湖上初晴后雨》。

这首诗本有两篇，这首是第二篇。第一篇是叙事，讲述了苏轼清晨去迎接客人，傍晚在湖上泛舟的故事。清晨阳光明媚，晨曦染红了群山，有唯美温暖的意境；傍晚下起了雨，朦胧之中又有一种奇妙的体验。正是在看过西湖的初晴后雨之后，苏轼才写了这第二首诗，抒发自己对西湖的喜爱和赞美。

"水光潋滟晴方好"，"潋滟"是指阳光照在水面，波光闪动的样子。在一个晴天，苏轼遇见了水波荡漾、波光粼粼的西湖，它安静得像一块璞玉，唯有点点水波温柔地漾开，显得格外端庄优雅，美好静谧。

"山色空蒙雨亦奇"，群山被细雨笼罩，若隐若现，西湖上泛起朦胧的烟雾，此时的西湖更多了一层空灵、

神秘的感觉，原来雨中的西湖也有一种奇妙之美啊！无论是晴天还是雨天，西湖总是那么动人。

美景与美人总是相称的，于是苏轼有了"欲把西湖比西子"的想法。"欲"在这里是"可以、如果"的意思，如果把西湖比作西施，那么晴天和雨天的西湖正如淡妆和浓妆的西施，无论如何装扮，都十分合适，十分自然。比喻的修辞手法让西湖显得更加灵动，仿佛在诗人的笔下活了起来，这句诗也因此成了千古名句。

现在，当人们在游览西湖时，都会不由得想起美女西施的形象，也给西湖增添了一丝古典气息，让游人陶醉在江南园林和湖光山色之中。

钱塘湖春行

❖ （唐）白居易

孤山寺北贾亭西，水面初平①云脚②低。

几处早莺争暖树③，谁家新燕啄④春泥。

乱花渐⑤欲⑥迷人眼，浅草才能⑦没马蹄。

最爱湖东⑧行不足⑨，绿杨阴⑩里白沙堤⑪。

注释

①水面初平：湖水才同堤岸齐平，即春水初涨。

②云脚：接近地面的云气，多见于将雨或雨初停时。

③暖树：向阳的树。

④啄：衔取。

⑤渐：渐渐地。

⑥欲：将要，就要。

⑦才能：刚够上。

⑧湖东：以孤山为参照物，白沙堤（即白堤）在孤山的东北面。

⑨行不足：百游不厌。足，满足。

⑩阴：同"荫"，指树荫。

⑪白沙堤：即今白堤，又称沙堤、断桥堤，在西湖东畔，唐朝以前已有。

赏析

　　提到写西湖的诗，人们首先想到的是苏轼的"欲把西湖比西子，淡妆浓抹总相宜"。其实白居易的这首著名的《钱塘湖春行》，描写的也是西湖。西湖又名钱塘湖，孤山寺、贾亭、白堤，都是西湖的著名景点，这些景点早在唐代就有了。

　　这一年早春，白居易在杭州出任刺史，他来到西湖边上春游。"孤山寺北贾亭西"，写出了西湖的方位，也有一种诗人正在走动的感觉。只见"水面初平云脚低"，湖水才涨到与堤岸一般高，湖上升起了一片如白云一般的雾气。当诗人欣赏西湖的宁静缥缈时，耳畔传来鸟儿清脆的歌声。"几处早莺争暖树，谁家新燕啄春泥。"诗人抬起头，一派莺歌燕舞、春意盎然的情景展现在他眼前。几只黄莺，争先恐后地飞往向阳的树木；谁家的燕子，衔来筑巢的春泥？

　　诗人又低头一看，"乱花渐欲迷人眼，浅草才能没马蹄"，"渐欲"是"渐渐地、就要"的意思，"才能"是"刚够上"的意思，都是描写朦朦胧胧的状态，都写出了春天的"早"。五颜六色的花朵盛开得漫山遍野，渐渐地就要让人目不暇接，痴迷沉醉了。青青的小草像刚长出来的胡茬儿一样，只有薄薄嫩嫩的一层，刚能够上马蹄的高度。这么美好的春景，怎么会让人厌倦呢？因此，"最爱湖东行不足，绿杨阴里白沙堤"。"行不足"的意思是"游不厌"，诗人在湖东游玩，无论如何也不会厌倦，他最喜爱的便是在绿杨掩映之下的白沙堤了。

　　早春的西湖在白居易笔下活了起来。

六月二十七日望湖楼① 醉书②五首（其一）

❖（宋）苏 轼

黑云翻墨③未遮山，
白雨④跳珠⑤乱入船。
卷地风来⑥忽⑦吹散，
望湖楼下水如天⑧。

注释

①望湖楼：古建筑名，位于杭州西湖畔。

②醉书：酒醉时写下的作品。

③翻墨：打翻的黑墨水，形容云层很黑。

④白雨：指夏日阵雨的特殊景观，因雨点大而猛，在湖光山色的衬托下，显得白而透明。

⑤跳珠：跳动的水珠（珍珠），用"跳珠"形容雨点，说明雨点大而

杂乱无序。

⑥卷地风来：指狂风席地卷来。

⑦忽：突然。

⑧水如天：形容湖面像天空一般开阔而且平静。

赏析

　　苏轼在杭州做官的时候，有一年的六月二十七日，他来到西湖游玩。

　　突然，"黑云翻墨未遮山"，远处的山上起了乌云，它们翻滚着，与山脉纠缠在一起，像打翻了的墨砚。"白雨跳珠乱入船"，没过多久，湖上就下起了雨。雨滴在湖光山色的映衬下微微泛白，像是一颗颗纷乱跳动的珠子，圆滚滚地洒落在船上。苏轼巧用"乱"字，将雨点繁密落下的场景写得富有动感。

　　仔细看看前两句，有没有发现对仗很工整呢？这一"黑"一"白"，恰似一幅江南水墨画。打翻了的墨砚和跳动的珠子相对，一个是大片的色块，一个是凌乱的点缀，相映成趣。而"未遮山"和"乱入船"都暗示着这是一场骤雨来袭。

　　"卷地风来忽吹散，望湖楼下水如天"，忽然，一阵狂风席地卷来，乌云骤雨瞬间消失得无影无踪。这么大的暴雨，顷刻间停了，就好似没有下过一样。诗人从望湖楼上放眼望去，西湖开阔而平静。"水如天"形容西湖像天空一样宁静辽阔。诗人在诗的尾句延伸视线，言有尽而意无穷。

　　这首诗不仅为我们描绘了一场声势浩大的夏季骤雨，更在景色描写之中透露出诗人乐观的人生哲学。

　　写作这首诗的时候，苏轼刚从京城的变法风波中离开不久。坎坷和失意像乌云般笼罩在他的心头，细密的烦恼如雨点般扰乱了他平静的生活，可是，暴风雨比我们想象中消散得更快。当一切坎坷随着时间而去，人们看到的就只是风轻云淡、宁静开阔的世界。苏轼借这首诗表达了他不畏困难、笑对坎坷的心态，启示我们要乐观地面对生活。

登高的哲思

题西林壁①

❖（宋）苏 轼

横看②成岭侧③成峰，
远近高低各不同。
不识④庐山真面目，
只缘⑤身在此山中。

注释

①题西林壁：写在西林寺的墙壁上。
西林寺在庐山西麓。

②横看：从正面看。庐山呈南北走向，
横看就是从东面、西面看。

③侧：侧面。

④不识：不能认识、辨别。

⑤缘：因为，由于。

赏析

　　庐山在我国江西省九江市，那里是一个水系非常发达的地方，在庐山的周围有长江和各种湖泊，因此常常下雨。一下起雨来，山里就会起一层雾气，将庐山变得像人间仙境一样。在雨水的侵蚀下，庐山产生了各种各样的奇峰怪石，也到处都是悬崖峭壁、高山流水。因此，庐山以雄、奇、险、秀闻名于世，是中华十大名山之一。

　　古代写庐山的诗词可真不少。比如李白的《望庐山瀑布》："日照香炉生紫烟，遥看瀑布挂前川。飞流直下三千尺，疑是银河落九天。"便写出了庐山瀑布的壮美瑰丽。比起"诗仙"李白的洒脱，苏轼的诗向来理性，简单的语言渗透着大智慧。

　　"横看成岭侧成峰，远近高低各不同。"正面看是岭（相邻的山坡、山脉），侧面看是山峰，远看、近看、从高处看、从低处看全都不一样。这既是苏轼在庐山的真实所见，也写出了庐山的神秘奇妙。

　　"不识庐山真面目，只缘身在此山中。""缘"是"因为"的意思，不能辨别庐山到底是什么模样，只因为"我"在这座山之中。后两句是诗人游山时发表的感想。站在庐山上，人们只能看到庐山的一部分，只有远离庐山，才能看到庐山的全貌。诗人告诉我们不能只从一个角度思考问题，而是要从事情的整体出发，考虑到问题的各个方面。

　　其实我们在生活中常有这种感觉，比如站在低处时只能看到眼前的建筑、树木等，当我们来到山顶或者楼顶时，往往能够看到更远的美景。因此，当我们受到挫折时，不妨想想这件事也有好的一面；当我们与别人发生争执时，不妨想想对方为什么这样做，要学会换位思考。这样，我们才能看清事情的"庐山真面目"。

登鹳雀楼

❖（唐）王之涣

白日^①依^②山尽^③，
黄河入海流。
欲^④穷^⑤千里目^⑥，
更^⑦上一层楼。

注释

①白日：太阳。

②依：依傍。

③尽：消失。这句话是说太阳依傍山峦沉落。

④欲：想要。

⑤穷：尽，使达到极点。

⑥千里目：眼界宽阔。

⑦更：再。

鹳雀楼古时候叫"鹳鹊楼"，在当今的山西省永济市内，位于黄河岸边。因为它构造精巧，周围景色壮丽秀美，所以吸引了许多诗人才子登楼作诗。在众多描写鹳雀楼的诗作中，王之涣的这首《登鹳雀楼》久负盛名。

这首诗好在哪里呢？

首先，这首诗对景物的描绘非常优美。"白日依山尽，黄河入海流。"诗人站在鹳雀楼上极目远眺，一轮落日依傍着绵延不绝的群山下落，被山峦的轮廓线缓缓吞噬；滔滔黄河裹挟着泥沙，向着大海奔流而去。山川落日映衬着黄河奔腾不息的激流，这是一幅视野多么开阔，又多么壮丽的景象呀！

其次，在景色描写之外，更有引人深思的哲理。"欲穷千里目，更上一层楼。""穷"是"穷尽"的意思，在这里指让视野开阔到极点。"更"是"再"的意思。如果想要让视野更加开阔，那就再登一层楼吧！因为站得越高，看得越远。这两句诗常常用来鼓励人们不断攀登，奋力拼搏，去往更高的地方，只有这样才能看到更远的风景，成就更美的人生。

此外，这首诗的对仗十分工整。在呈现优美诗句并赋予深刻寓意的同时，保持对仗工整可是非常难的，一不小心就会有东拼西凑之感。然而《登鹳雀楼》却保有一种简单和自然的意境。"白日"对"黄河"，让这首诗充满了色彩感、画面感；"依"对"入"，让画面动了起来；"欲穷"对"更上"，饱含着奋斗的勇气、希望的力量；"千里"对"一层"，两者都不是指实际的距离或高度，而是虚指"更远"和"更高"。只有站得高，才能看得远，真可谓"四两拨千斤"！

刘禹锡（772—842 年），字梦得，洛阳（今河南省洛阳市）人，唐代著名的文学家、哲学家，有"诗豪"之称。贞元九年（793 年），进士及第，贞元末年，加入以太子侍读王叔文为首的"二王八司马"政治集团。唐顺宗即位后，刘禹锡实践"永贞革新"。革新失败后，屡遭贬谪。会昌二年（842 年），迁太子宾客，卒于洛阳，享年 71 岁，追赠户部尚书，葬于荥阳。刘禹锡的诗文俱佳，与柳宗元并称"刘柳"，与韦应物、白居易合称"三杰"，并与白居易合称"刘白"。著有《刘梦得文集》，有《刘宾客集》存世。

洞庭湖风光

望洞庭

❖（唐）刘禹锡

湖光秋月两①相和②，
潭面③无风镜未磨④。
遥望洞庭山水翠，
白银盘⑤里一青螺。

注释

①两：指湖光和秋月。

②和：和谐，指水色与月光交相辉映。

③潭面：指湖面。

④镜未磨：一说是湖面无风，水平如镜；
一说是远望湖中的景物，隐约不清，如同
镜面没打磨时照物模糊。

⑤白银盘：形容平静而又清澈的洞庭湖面。

赏析

　　洞庭湖在湖南省内，地处长江中下游。古时的洞庭湖非常大，因此有"八百里洞庭"的称号。在传说中，洞庭湖是神仙的洞府，因为洞庭湖绵延无际，有许多湿地沼泽，如同朦胧梦幻的仙境。诗人刘禹锡曾在 20 年内来过 6 次，与洞庭湖结下了深厚的情谊。

　　刘禹锡在和州任刺史时的某个秋日，他来到洞庭湖边。"湖光秋月两相和"，这个秋夜天清气朗，月光洒下一片银辉投射在湖面上，让湖面闪动起银色的波光。湖光和秋月两相映衬，如湖水般宁静的秋月、如月光般闪亮的湖水两相映衬，营造出了"两相和"的绝美意境。一个"和"字，写出了月夜的宁静和谐。

　　"潭面无风镜未磨"，湖面无风，水面未起些许波澜，像一块没有磨过的铜镜，照映出朦朦胧胧的景物，美轮美奂。前两句通过对月夜的描写，营造出宁静、和谐的氛围。

　　后两句将镜头拉远，"遥望洞庭山水翠，白银盘里一青螺"。远远望去，洞庭湖干净清澈，洞庭山静谧青翠，就像白银盘中窝着一枚小小的青螺。"白"与"青"丰富了画面的色彩，让洞庭湖变得更加俏皮可爱。

　　纵观全诗，刘禹锡为我们刻画了一幅精致的洞庭湖风光，营造出一种精巧、唯美的意境。大自然的神奇之处就在于它能将景物和谐地摆放在一起，它们拥有相同的意境，合适的色调，连味觉、嗅觉、听觉都那么契合。这就是我国传统文化所推崇的"和"。所谓自然的和谐之美，就是当我们面对和谐的大自然时，心中会有一种宁静、安详的感觉。这首诗正是以洞庭湖为中心，描绘了周围与它映衬的美好景物，表达了诗人对大自然的赞美和热爱。

寄情山水　意蕴悠远

观沧海

❖（汉）曹　操

东临①碣石，以观沧海。
水何澹澹②，山岛竦峙③。
树木丛生，百草丰茂。
秋风萧瑟④，洪波⑤涌起。
日月⑥之行，若⑦出其中。
星汉⑧灿烂，若出其里。
幸甚至哉，歌以咏志⑨。

注释

①临：登上，有游览的意思。

②澹澹（dàn）：水波摇动的样子。

③竦峙（sǒng zhì）：耸立。竦，高。峙，挺立。

④萧瑟：形容秋风吹树木的声音。

⑤洪波：汹涌澎湃的波浪。

⑥日月：太阳和月亮。

⑦若：如同，好像是。

⑧星汉：银河，天河。

⑨幸：庆幸。甚：非常。至：极点。"幸甚至哉，歌以咏志"为乐府歌结束用语，不影响全诗内容与感情。意为太值得庆幸了，就用诗歌来表达心志吧。

赏析

　　曹操是三国时期的著名人物，相信看过《三国演义》的人，对他都不陌生。但是你知道吗？曹操还是一名文学家，不仅会写诗、写散文，还写得一手好字。曹操的诗作大气磅礴，常用于抒发其政治抱负。他的散文开启并繁盛了"建安文学"，连大文豪鲁迅都说曹操是"改造文章的祖师"。

　　话说曹操北征胜利之后，怀着雄心壮志，登山望远。

　　"东临碣石，以观沧海。"向东而行，登上碣石山，来观赏苍茫的大海。前两句交代了"观沧海"的时间地点，居高临下，大海尽收眼底；壮志豪情，用一个"临"字和一个"观"字得以体现。

"水何澹澹，山岛竦峙。"水波摇动多么辽阔，群山和小岛高高地挺立着。这是写"观沧海"的最初印象，是远眺时的大致轮廓。往细处观看，"树木丛生，百草丰茂。秋风萧瑟，洪波涌起"。树木、百草等各种植物繁茂生长，萧瑟秋风吹来，波涛滚滚翻涌。"丛生"和"涌起"，化静为动，让萧瑟的秋天肃穆庄严，也让诗句有了雄伟壮阔的力度，虽描写的是细微之处，但也能体现曹操的宽广胸襟和远大抱负。

"日月之行，若出其中。星汉灿烂，若出其里。"太阳和月亮的运行，浩瀚星河的绚烂无边，似乎都是从这汪洋之中生长出来的。这两句用夸张的修辞手法，写出了大海的广阔无边、气势壮阔，仿佛能将天地万物包含容纳。而诗人的胸襟正如这辽阔的大海，无限宽广；诗人的视野就像站在这碣石之上观海，无限远大。

"幸甚至哉，歌以咏志。"非常值得庆幸，就写诗来表达心志吧。这两句是乐府诗用来结尾的套话，没有具体的含义。纵观全诗，通过对景物的描写，曹操的雄心壮志就在浩瀚的美景中展现了出来。

杜　甫（712—770 年），字子美，自号少陵野老，原籍湖北襄阳，后徙河南巩县（今河南省巩义市）。唐代伟大的现实主义诗人，与李白合称"李杜"。杜甫青少年时生活安定富足，天宝十四年（755 年），安史之乱爆发，为躲避战乱，辗转多地。期间目睹百姓饱受战乱之苦，创作了不朽史诗"三吏""三别"。大历五年（770 年）冬，杜甫在由潭州往岳阳的一条小船上去世，时年 59 岁。他的诗歌影响深远。杜甫共有约 1500 首诗歌被保留下来，大多集于《杜工部集》。

望 岳

❖（唐）杜 甫

岱宗夫①如何②？齐鲁青③未了④。
造化⑤钟⑥神秀⑦，阴阳⑧割昏晓⑨。
荡胸⑩生曾⑪云，决⑫眦⑬入⑭归鸟。
会当⑮凌绝顶⑯，一览众山小⑰。

注释

①夫：读"fú"。无实在意义，语气词，强调疑问语气。

②如何：怎么样。

③青：指苍翠、翠绿的美好山色。

④未了：不尽，不断。

⑤造化：大自然。

⑥钟：聚集。

⑦神秀：天地之灵气，神奇秀美。

⑧阴阳：阴指山的北面，阳指山的南面，阴阳指泰山的南北。

⑨昏晓：黄昏和早晨。

⑩荡胸：心胸摇荡。

⑪曾：同"层"，重叠。

⑫决：裂开。

⑬眦（zì）：眼角。

⑭入：收入眼底，即看到。

⑮会当：终当，定要。

⑯凌绝顶：登上最高峰。凌，登上。

⑰小：形容词的意动用法，意思为"以……为小""认为……小"。

赏析

　　这首诗是在唐朝开元盛世之时，诗人杜甫漫游泰山时写下的作品。泰山居五岳之首，其他四座名山是嵩山、华山、衡山、恒山。泰山为什么被尊为"五岳之首"呢？不是因为它的高度，而是在古代，人们常常把它与天神、皇室联系在一起，古代皇帝会在此封禅、祭祀，还有"泰山安，四海皆安"的说法，可见泰山在人们心中的地位是很高的。

　　《望岳》除了题目中出现了"望"字，正文中一个"望"字都没有，却处处体现了"望"的动作。首句"岱宗夫如何？齐鲁青未了"是远望，泰山的美景

到底怎么样呢？走出齐国和鲁国，那青翠的山色仍然在眼前绵延不绝。"夫"字往往放在句首，表示疑问，这里却放在句子中央，颇有新意。

"造化钟神秀，阴阳割昏晓。"镜头再一次拉近，大自然将一切神奇和秀美聚集于泰山，阳面和阴面仿佛分割了清晨和黄昏。"钟"是聚集的意思，"割"是分割的意思，聚集了灵气，又被日夜分割，这是怎样的奇观！"割"字用了夸张的修辞手法，极言泰山之高，仿佛高入天际；泰山之大，仿佛广阔无边。

"荡胸生曾云，决眦入归鸟。"第五六句是仰望，层层叠叠的白云涤荡了心胸，奋力睁大眼睛，将归鸟尽收眼底。"决"是裂开的意思，"眦"是眼角的意思，让眼角裂开才能将归鸟收入眼中，极写天空的广阔，鸟群的自由。

"会当凌绝顶，一览众山小。"最后两句表达了诗人的愿望，一定要登上泰山之巅，一览群山的渺小。"凌"是登上的意思，登高望远，群山自然显得渺小，正是有了群山的映衬，才显出泰山的高大，诗人托物言志，表达了志存高远的理想。

王安石（1021—1086 年），字介甫，号半山，抚州临川（今江西省抚州市）人。北宋著名的思想家、政治家、文学家、改革家。庆历二年（1042 年），王安石进士及第。熙宁三年(1070 年)拜相，主持变法。元祐元年(1086 年)，因守旧派反对，新法皆废，病逝于钟山，获赠太傅。绍圣元年（1094 年），获谥"文"，世称王文公。王安石诗擅长说理与修辞，诗风含蓄深沉、深婉不迫，以丰神远韵的风格自成一家，世称"王荆公体"。名列"唐宋八大家"。有《王临川集》《临川集拾遗》等作品存世。

登飞来峰

❖（宋）王安石

飞来山上千寻塔①，
闻说②鸡鸣见日升。
不畏浮云③遮望眼④，
自⑤缘⑥身在最高层。

注释

①千寻塔：很高很高的塔。"寻"为古时长度单位，八尺为一寻。

②闻说：听说。

③浮云：在山间浮动的云雾。

④眼：视线。

⑤自：自然是。

⑥缘：因为。

赏析

传说中，在今浙江省绍兴市城外，有一座山峰是从琅琊郡东武县飞来的，因此得名飞来峰。飞来峰上有座很高的塔叫作应天塔，就是诗中千寻塔的原型。但也有人说，飞来峰在今浙江省杭州市西湖灵隐寺前。总之，顾名思义，千寻塔是一座很高的塔。

要读懂这首诗，就要先了解诗人王安石的背景。我们都知道王安石是诗人，是"唐宋八大家"之一。但你知道吗？王安石不仅是著名的文学家，也是一位著名的政治家。历史上著名的"熙宁变法"就是由他主持的。这首诗是王安石刚刚做官时所写，那时他才满 30 岁，壮志凌云，借诗句来表达远大的政治抱负。

"飞来山上千寻塔，闻说鸡鸣见日升。"飞来峰上有一座非常高的塔，听说鸡鸣之时便可看见旭日东升。第一句交代了诗人所在的位置，写明了山峰上的塔非常高；第二句进一步突出了诗人站得高，看得远，从"鸡鸣"到"日升"充满了蓬勃朝气，营造了一种乐观积极的氛围。

　　"不畏浮云遮望眼，自缘身在最高层。"不担心被山间浮动的云雾遮挡视线，只因为"我"身处最高层。前两句为后两句做铺垫，表明千寻塔确实是在最高的地方，连浮云都无法遮挡，意境开阔，大气磅礴，富有哲理，表达了诗人的心胸宽广与高瞻远瞩。

　　在写这首诗时，王安石正准备变法，却遭到了很多人的反对。这首诗托物言志，表明了王安石的态度：他丝毫不怕奸佞小人和保守派的阻挠，因为他站在高处，目光远大，眼前的阻碍对他来说只是浮云罢了，这所谓的困难，比起北宋的前途来说十分微小。这首诗既是对大好河山的赞美，又表达了诗人要变法的决心。

游园不值①

❖（宋）叶绍翁

应怜②屐齿③印苍苔，
小扣④柴扉⑤久不开。
春色满园关不住，
一枝红杏出墙来。

注释

①不值：没得到机会。值，遇到。

②应怜：大概是感到心疼吧。应，表示猜测；怜，怜惜。

③屐（jī）齿：屐是木鞋，鞋底前后都有高跟儿，叫屐齿。

④小扣：轻轻地敲门。

⑤柴扉（fēi）：用木柴、树枝编成的门。

赏析

　　诗人叶绍翁是宋朝江湖诗派诗人。江湖诗派诗人

多是布衣或下层官吏，因此多有江湖习气，不愿与官府为伍。他们的诗作针砭时弊，悠然隐逸，少有大气磅礴之风。叶绍翁的诗以精致细腻著称，这首《游园不值》是他流传千古的代表作。

在一个明媚的春日，诗人来到一座小小的庭院前，想进去观赏游览。"应怜屐齿印苍苔，小扣柴扉久不开。"他轻叩柴门，却许久没人回应。诗人便想到，主人大概是心疼屐齿踏坏了青苔，所以不让进门。"小扣"是轻叩的意思，一个"久"字体现出诗人的无奈和失望。前两句交代故事发生的背景、起因，似乎诗人就要乘兴而来，败兴而归，那种失落、遗憾的心情跃然纸上。从未被破坏的青苔我们可以看出，庭院很少来人拜访，主人应该是一个不爱交际，无心利禄，却有雅兴种养花草的清高之人。

诗人正要离去，突然发现"春色满园关不住，一枝红杏出墙来"。满园的春色是关不住的，你看，墙头伸出一枝杏花，开得火红。不难想象，在看到红色杏花的一刹那，诗人的心情从失望变成了欣喜。正是这种先抑后扬，让我们感受到了意料之外的喜悦。墙

头有杏花本是十分普遍的景象，在诗人笔下却变成了满园春色的象征。它是美好春意的冰山一角，那院子内部的景色呢？"满园"与"一枝"相得益彰，举重若轻，给读者留下了无限的遐想空间。一个"关"字和一个"出"字，用了拟人的修辞手法，让杏花仿佛动了起来，把春天写成了一个俏皮可爱、活泼好动的小姑娘。这次游园的惊喜发现，显现出了春天不竭的生命力。

蜀　相①

❖（唐）杜　甫

丞相祠堂②何处寻？锦官城③外柏森森④。
映阶碧草自⑤春色，隔叶黄鹂空⑥好音。
三顾频烦⑦天下计，两朝⑧开⑨济⑩老臣心。
出师⑪未捷⑫身先死，长使英雄泪满襟。

注释

①蜀相：三国蜀汉丞相，指诸葛亮。

②丞相祠堂：指诸葛武侯祠，在今成都市武侯区，晋李雄初建。

③锦官城：成都的别名。

④柏（bǎi）森森：柏树茂盛繁密的样子。

⑤自：自有。

⑥空：白白的。

⑦频烦：犹"频繁"，多次。

⑧两朝：刘备、刘禅父子两朝。

⑨开：开创。

⑩济：扶助。

⑪出师：出兵。

⑫未捷：还没胜利。

赏析

　　这首诗是唐代诗人杜甫在成都探访诸葛亮的祠堂——武侯祠时写下的。在这首诗里，有关于诸葛亮的历史故事，也抒发了诗人对历史的认识与感叹。这种类型的诗作被称为"咏史怀古诗"。在这类诗作中，杜甫的这首诗沉郁顿挫，赫赫有名。

　　"丞相祠堂何处寻？锦官城外柏森森。"在哪里能找到诸葛亮丞相的祠堂呢？就在锦官城外茂盛繁密的松柏林里。锦官城是成都的别名，松柏象征着万古长青，祠堂之中一般种有松柏。"柏森森"写出了柏树茂密的样子，营造了静谧庄严的氛围。开头两句自问自答，是诗人对诸葛亮的默哀，也唤起读者对诸葛亮的怀念。

　　"映阶碧草自春色，隔叶黄鹂空好音。"青草的翠绿映在台阶上，自有一片春色，黄鹂飞舞在茂密的树叶之间，空有动听的歌声。这两句描写的是，近看诸葛亮的祠堂，郁郁葱葱，青翠自然，一派春日生动活泼的景象。"碧"与"黄"展现了春天充满生机的色彩，"映阶"与"隔叶"体现了光在景物上的变化。如此美好的景色，诸葛亮却看不见，诗人也无心观赏，成了徒然的"自"与"空"。

"三顾频烦天下计，两朝开济老臣心。"先主刘备三顾茅庐，向您请教治理天下的计策。您辅佐了两朝君主，是名副其实的老忠臣。这两句写出了诸葛亮作为蜀相的人生历程，生动地刻画出他忠君报国、奉献一生的形象，饱含着浓浓的思念之情。

然而，"出师未捷身先死，长使英雄泪满襟"。战争还没传来胜利的消息，您就先病逝了，这样的结局常使后代英雄涕泪满裳。诗人在祠堂触景生情，对诸葛亮产生了深深的怀念，情真意切，感人肺腑。

谭嗣同（1865—1898年），字复生，号壮飞，湖南浏阳（今湖南省浏阳市）人，中国近代著名的政治家、思想家，维新派人士。1897年，谭嗣同写成《仁学》一书，此书为维新派的第一部哲学著作，也是中国近代思想史中的重要著作。甲午战争之后，谭嗣同在家乡湖南倡办时务学堂、南学会等，又主办《湘报》，协助湖南巡抚陈宝箴等人开矿山、修铁路，为变法维新奔走呼号。光绪二十四年（1898年），谭嗣同参加领导戊戌变法，后失败被杀，死时年仅33岁，为"戊戌六君子"之一。代表著作有《仁学》《寥天一阁文》《莽苍苍斋诗》《远遗堂集外文》等，后人将其著作编为《谭嗣同全集》。

潼　关①

❖（清）谭嗣同

终古②高云簇③此城，
秋风吹散马蹄声。
河流④大野犹嫌束⑤，
山入潼关不解平⑥。

注释

①潼（tóng）关：关名。

②终古：自古以来。

③簇（cù）：丛聚。

④河流：指奔腾而过的黄河。

⑤束：约束。

⑥不解平：不知道什么是平坦。

解，懂得。

赏析

　　潼关位于今天的陕西省，是非常重要的关卡，在古代为兵家必争之地，如今也有"第一关"的美誉。清朝末年，18岁的谭嗣同去找在甘肃兰州任职的父亲，路过潼关，被眼前的壮丽景象所吸引，写下了这首诗。

　　"终古高云簇此城，秋风吹散马蹄声。"自古以来高高的云层聚集在这座城周围，阵阵秋风将马蹄声吹散了。前两句是写对潼关的远望，描写了潼关雄伟壮丽的风景。"高云"拉高了视线，形成一种壮阔感；马蹄声被秋风吹散，因此到处都是"嗒嗒嗒"的声音，显出环境极为空旷。前两句从感官感受上描写出了潼关视觉上的高大和听觉上的辽阔，让读者不禁心旷神怡。

　　"河流大野犹嫌束，山入潼关不解平。"黄河在广阔的原野奔腾仍然嫌拘束，华山进入潼关之后更不懂什么是平坦。原野广阔的地形，应该是江河静静流动的最好条件，可是黄河仍旧弯弯曲曲，奔腾咆哮，仿佛不知道什么是平静；而远处的华山似乎是为了故意阻挡黄河一般，奇异险峻，仿佛不知道什么是平坦。后两句用拟人的修辞手法，把潼关的险要写活了。这种不畏艰险、保持变化的态度，正应了谭嗣同不安于现状、勇于变革的精神。

相信知道戊戌变法的人，对谭嗣同都不陌生。清朝末年，为了救国，有识之士上书清廷请求变法，这其中就有谭嗣同。变法失败后，谭嗣同没有逃命，而是决定做"流血第一人"，英勇就义，以唤起民众觉醒，留下"我自横刀向天笑，去留肝胆两昆仑"的名句。而他在刚刚成年时写下的《潼关》这首诗，正预示了他不平凡的人生。在历史的洪流中留下了他不畏权贵、壮志凌云的形象。

传说典故

浪淘沙①九首（其一）

❖（唐）刘禹锡

九曲黄河万里沙②，
浪淘风簸自天涯③。
如今直上银河④去，
同到牵牛织女家。

注释

①浪淘沙：唐教坊曲名。创自刘禹锡、白居易，其形式为七言绝句。后又用为词牌名。

②万里沙：黄河在流经各地时挟带大量泥沙。

③自天涯：来自天边。

④直上银河：古代传说黄河源头与天上的银河相通。

赏析

　　这首诗是刘禹锡《浪淘沙九首》组诗的第一首，演绎了牛郎织女的神话传说。古代传说"黄河之水天上来"，古人认为黄河的源头与银河相通，而银河又是牛郎织女传说中的一部分，因此组诗以神话故事开头，增添了神秘浪漫的气氛。作为民歌体诗，全诗用词通俗易懂，纯正朴实，极具想象力。

　　"九曲黄河万里沙，浪淘风簸自天涯。"弯弯曲曲的黄河携带着绵延万里的泥沙，泥沙经过了巨浪的淘洗和狂风的颠簸，从天边来到这里。这里的"九曲黄河"形容黄河弯弯曲曲，"万里"不是实数，指黄河很长，泥沙堆积众多。"浪淘风簸自天涯"写这些泥沙远道而来，经受了无数的艰难险阻，才出现在我们面前。前两句通过对黄河泥沙特色的描写，勾勒出黄河壮丽雄浑的气魄。

　　"如今直上银河去，同到牵牛织女家。"如今黄河如同要飞上天空与银河相连一般，那就请带着"我"一起，去寻访牛郎织女的家。这一句引用了牛郎织女

的神话故事——相传，织女原是天上的仙女，因为在人间爱上了牛郎而触犯了天条。牛郎骑着牛追来，王母娘娘用簪子往天空中一挥，在两人中间画了一条银河。每年的七夕节，喜鹊们会在银河之上搭起一座鹊桥，让牛郎和织女相见。引用牛郎织女的传说，表示诗人要迎着狂风巨浪，顶着万里黄沙，逆流而上，表现了诗人的豪迈气概。

贞元二十一年（805年）正月，王叔文等人在新即位的顺宗李诵支持下进行政治革新，实施了一系列具有进步倾向的政治措施，刘禹锡深受王叔文器重，成为革新集团的重要成员。革新失败后，刘禹锡被贬为朗州司马，宪宗元和十年（815年）召回长安，又因"玄都观里桃千树，尽是刘郎去后栽"之诗句使执政者不悦，再贬连州刺史，转夔、和二州。诗人在描写黄河奔流如此艰难之后，突然将黄河化作银河，又富有趣味地提到了牛郎织女的神话故事，说明诗人相信"艰难困苦，玉汝于成"，官场的失意只是一时，磨难中必能成就栋梁之材。

江畔独步寻花七绝句（其五）

❖（唐）杜　甫

黄师塔①前江水东，
春光懒困②倚微风。
桃花一簇开无主③，
可爱深红爱浅红？

注释

①黄师塔：黄姓僧人埋骨之所。

②懒困：疲倦困怠。

③无主：自生自灭，无人照管和玩赏。

赏析

杜甫曾在成都郊外的草堂居住，对那里的环境和悠闲自得的隐居生活十分满意。

"黄师塔前江水东，春光懒困倚微风。"蜀人称和尚为师，墓地为塔，这里的"黄师塔"是指黄姓和尚的墓地。第一句是交代赏花的地点，第二句写人看似又懒又困，其实侧面描写春风吹得令人放松，诗人才能有如此散漫慵懒的心境。"倚"字更显慵懒，还将虚无缥缈的微风化为实体，仿佛是陪伴诗人多年的老友。有微风相伴，赏花之旅变得沁人心脾。

"桃花一簇开无主，可爱深红爱浅红？"一簇无人关照的桃花开得正旺，我该偏爱深红的那朵还是浅红的那朵？后两句描述了桃花树的俏皮可爱，正因为"无主"，这株桃花才会有独特之美，它不需要别人的灌溉照顾，也不需要乞求别人欣赏，因此长得更加自由旺盛，更加天真烂漫。花瓣一朵叠着一朵，应接不暇，无论是深红色还是浅红色都那么好看，诗人陷入了选择困难之中。

　　纵观全诗，诗人先是从远处赏花，交代赏花的背景，将人们代入"江畔寻花"的闲适心境中，场景明媚广阔而又富有趣味，为后文聚焦在桃花一处做了铺垫。而在描写桃花时又用疑问句突出了自己对这簇"无主桃花"的喜爱，也与前两句闲适的心情相呼应。诗人在创作这首诗时生活刚刚安定下来，虽年事已高，但难掩出门赏花的雅兴，可以看出诗人非常热爱生活，热爱大自然。

江南春

❖（唐）杜 牧

千里莺啼①绿映红，
水村山郭②酒旗③风。
南朝④四百八十寺⑤，
多少楼台⑥烟雨⑦中。

注释

①莺啼：黄莺鸣叫。

②郭：外城，这里指城镇。

③酒旗：一种小旗，挂在门前作为酒店标记。

④南朝：指先后与北朝对峙的宋、齐、梁、陈政权。

⑤四百八十寺：此为虚数，指南朝官府在京城（今江苏省南京市）
大建佛寺。

⑥楼台：楼阁亭台。这里指寺院建筑。

⑦烟雨：细雨蒙蒙，如烟如雾。

赏析

　　江南是指长江中下游以南，这里自古以来就是钟灵毓秀、人杰地灵的地方。江南植被丰富，美景如画，春季成了江南一年中最美的季节，许多诗人都曾为江南的春天赋诗。这首《江南春》是晚唐诗人杜牧写的，不仅是一首写景诗，也是一首怀古诗。

　　"千里莺啼绿映红，水村山郭酒旗风。"鸟群的鸣叫回荡在江南大地之上，江南的春天，绿草映着红花。水边的村庄，山旁的城郭，酒旗迎风招展。诗的开端，未见画面，先闻啼声，而且一出声就远播千里，似乎是从千里以外传入我们耳边。这一声"莺啼"，一下子就把我们拉进千里江南的春景中去了。于是诗人以鸟儿的视角俯瞰大地，到处都是绿色映着红色，错落有致，像是一幅江南春色写意画，生机盎然。再近看，四处都有酒旗飘动，春天的城镇也是一片繁荣的景象。

杜牧笔下的江南之春不仅有风光，还有人。江南的人们也趁着春光出来喝酒，春日不再只有虚无的美景，还有落地的生活。这种有烟火气的春天，谁能不爱呢？

"南朝四百八十寺，多少楼台烟雨中。"曾经盛极一时的南朝遗留下多少古寺，如今都在缥缈烟雨之中。南朝是指先后与北朝对峙的宋、齐、梁、陈政权，当时的皇帝和大官僚喜爱佛教，于是在京城（今江苏省南京市）大建佛寺。建了多少呢？不计其数。这里的"四百八十"是唐人形容数量多的一种方法，并不是真的有480座佛寺。江南多雨，曾经金碧辉煌的寺庙如今笼罩在烟雨之中，徒增了一丝神秘和伤感，也为江南增添了虚无缥缈之感。诗人在字里行间透露出对江南美景的喜爱与赞美，以及对南朝的惋惜缅怀之情。

枫桥夜泊①

❖（唐）张　继

月落乌啼②霜满天③，
江枫④渔火⑤对愁眠。
姑苏⑥城外寒山寺，
夜半钟声⑦到客船。

注释

①夜泊：夜间把船停靠在岸边。

②乌啼：一说为乌鸦啼鸣，一说为乌啼镇。

③霜满天：为夸张的修辞手法，形容天气极冷。

④江枫：一般解释作"江边枫树"，另外有人认为指"江村桥"和"枫桥"。

⑤渔火：渔船上的灯火，也有说法指一同打渔的伙伴。

⑥姑苏：苏州的别称。

⑦夜半钟声：佛寺钟声。当时有半夜敲钟的习惯，也叫"无常钟"或"分夜钟"。

"月落乌啼霜满天，江枫渔火对愁眠。"明月落下，乌鸦发出阵阵啼叫声，天气冷得就像寒霜漫天。江边的枫树和渔船的灯火遥相对峙，像"我"一样忧愁难眠。前两句选取了 6 个意象，写出了半夜江上的清冷寂静。

诗人想象力丰富：霜都是降落在地上的，而且诗人在客船上，周围全是江水，如何才能出现"霜满天"的情景呢？在这里，"霜满天"不指实际的景色，而是形容天气极其寒冷；并且，月落以后，天空呈灰白色，就像是覆盖了一层薄薄的霜。"霜满天"，能称得上"满"的，只有气温、空气、月光。一个"满"字，让霜之灰白与清冷覆满天地之间，在空气中漫溢、游走。"对愁眠"是把"江枫"和"渔火"拟人化，忧愁的是诗人，用诗人的视角看景物，连景物也变得忧愁起来，它们似乎像诗人一样难以入眠。

不仅如此，诗句还有着极强的色彩感。第一句是

清冷的灰色调：月亮落下后，天空一片灰白，黑色的乌鸦隐现于漆黑深夜，白茫茫的霜铺天盖地，有清高苍茫之感。第二句是热烈的红色调：枫叶和渔火像是在燃烧，而诗人孤宿客船，忧愁难眠，颇有烟火气。这两句分别从正面、反面衬托夜的清冷、寂静，反映了诗人孤独忧愁的心情。

　　"姑苏城外寒山寺，夜半钟声到客船。"苏州城外寒山寺半夜里的一声声钟鸣，传到了客船。寒山寺在枫桥附近。也有人说寒山是指肃寒之山，非寺名。寺庙一般不会半夜敲钟，唯苏州一带的寺庙有半夜敲钟的习俗。如果说前两句好似工笔画，那最后一句就是写意画，钟声邈远，突出了夜的宁静，富有禅意，让全诗不仅有美景，更平添了几分灵性。

乌衣巷

❖（唐）刘禹锡

朱雀桥边野草花，
乌衣巷口夕阳斜。
旧时王谢①堂前燕②，
飞入寻常③百姓家。

注释

①王谢：王导、谢安，晋相，世家大族，贤才众多，皆居巷中，冠盖簪缨，为六朝巨室。至唐时，则皆衰落不知其处。

②堂前燕：旧时王谢之家多燕子。

③寻常：平常。

赏析

去南京旅行的必去景点之一，就是夫子庙秦淮风光带。那里有驰名中外的夫子庙，也有锦绣繁荣的秦

淮河，店铺鳞次栉比，行人络绎不绝，热闹非凡。而在角落的一个小巷子里，静静地悬挂着"乌衣巷"的牌匾。人们漫不经心地路过这条小巷子，却鲜有人驻足游赏。

殊不知，在魏晋时代，这里曾经是世家大族的聚集地，宰相王导、名臣谢安、著名书法家王羲之和王献之都是从这乌衣巷走出来的。乌衣巷之所以有此名，就是因为王谢子弟喜爱穿着乌衣，以示权贵。当时，乌衣巷门庭若市，贵族聚集于此，就连燕子也多在这里的宅第屋檐下筑巢。可到了唐朝，乌衣巷已然衰落，原先的名门望族也不知去处，只有寻常百姓居住在此。直至今天，乌衣巷依然冷清寂静，唯有巷口的夕阳，热烈灼目，一如往年。

"朱雀桥边野草花，乌衣巷口夕阳斜。"朱雀桥边长满了野草野花，乌衣巷口夕阳西斜。朱雀桥是六朝时金陵正南朱雀门外横跨秦淮河的大桥，是从市中心到乌衣巷的必经之路。这座桥边长满了野草野花，说明人迹罕至；而在衰败的朱雀桥旁，一轮残阳在乌衣巷口渐渐下坠，更显出衰败、凄凉之意。

　　"旧时王谢堂前燕，飞入寻常百姓家。"过去在王导、谢安堂前筑巢的燕子，如今都飞入了平常百姓的家中。燕巢还在，宅第的主人却已了无踪迹，过去这里住着显赫一时的大户人家，现在住着的只有普通百姓。"寻常"二字，写出了百姓在此处的平静生活，正因为"寻常"，才显出那些"不寻常"的过往不被人重视的悲哀，此处妙笔，令人顿觉物是人非，感慨万千。

山中秋游

山 行①

❖（唐）杜 牧

远上②寒山③石径④斜，
白云生处⑤有人家。
停车坐⑥爱枫林晚⑦，
霜叶⑧红于⑨二月花。

注释

①山行：在山中行走。

②远上：登上远处的（寒山）。

③寒山：深秋季节的山。

④石径：石子铺成的小路。

⑤生处：形成白云的地方。

⑥坐：因为。

⑥枫林晚：傍晚时的枫树林。

⑧霜叶：经深秋寒霜熏染之后变成了红色的枫树的叶子。

⑨于：比。

赏析

秋天，是去郊外旅行的好时节。诗人杜牧就在深秋登上了寒山，观赏枫叶，游览赋诗。山坡、石径、白云、人家、枫林、傍晚、霜叶、红花……凉爽的秋风拂过脸颊，大片的红色枫叶簌簌落下。秋天的温柔浪漫、静谧优雅，蕴藏在饱含深情的诗句里。这首诗，更像是一篇秋日游记。

"远上寒山石径斜，白云生处有人家。"深秋时节，登上远处的山，山上有石子铺成的小路蜿蜒向前。白云仿佛在山间兀自生出，几户人家影影绰绰，藏于其中。"远"与"斜"突出了石径的蜿蜒，十分有趣，充满质朴的艺术美感。随着诗人向路的尽头远望，看到团团白云像是从山间生长出来一般，轻挪慢移，几间屋子在云端浮现。"生"字写出了白云的缥缈虚无，为白云赋予了生命。"人家"让景物瞬间有了烟火气息，仿佛还能看见生火做饭的袅袅炊烟，缓慢流入白色云层。第二句塑造了缥缈虚无的氛围，使人如临仙境。

"停车坐爱枫林晚，霜叶红于二月花。"停下马车是因为钟爱这傍晚的枫林美景，这寒霜熏染过的枫叶比二月的春花还要红。无论是枫林还是晚霞，霜叶还是红花，到处都是红色，红得明媚，红得热烈，红得浪漫。而且这种红色还是有层次感的：深红色的枫林，橘红色的晚霞，正红色的霜叶，构成了山林的秋。"坐"是"因为"的意思，在古诗中，这个字常常作为助词出现。诗人喜爱枫林，便停下来欣赏，这种随性淡泊的心情，像极了这沁凉的秋风。

秋天往往是萧瑟的、失意的，然而在诗人的眼中秋天却充满了生机，令人陶醉。这便是这首诗的过人之处。

朱　熹（1130—1200 年），字元晦，号晦庵，谥号"文"，世称朱文公。祖籍徽州婺源（今江西省婺源县），出生于南剑州尤溪（今福建省尤溪县）。宋朝著名的理学家、思想家、哲学家、教育家、诗人，儒学集大成者，后世尊称为"朱子"。朱熹是"二程"（程颢、程颐）的三传弟子李侗的学生，其理学与"二程"的理学合称"程朱学派"。朱熹的理学思想，成为元、明、清三朝的官方哲学，是中国教育史上继孔子后的又一教育大师。朱熹著述甚多，有《四书章句集注》《太极图说解》《通书解》《周易本义》《楚辞集注》，后人辑有《朱子大全》《朱子集语象》等。

春 日

❖（宋）朱 熹

胜日①寻芳②泗水③滨④，
无边光景⑤一时新。
等闲⑥识得东风面⑦，
万紫千红总是春。

注释

①胜日：原指节日或亲朋相聚之日，这
里指晴日。

②寻芳：游春，踏青。

③泗水：河名，在今山东省。

④滨：水边，河边。

⑤光景：风光风景。

⑥等闲：轻易，寻常，随便。

⑦东风面：借指春天。东风，春风。

赏析

　　"胜日寻芳泗水滨，无边光景一时新。"晴朗的一日来到泗水河边踏青，无尽的风光美景令人耳目一新。开头交代赏春的时间地点，以及第一印象。"无边光景"是"寻芳"的结果，比喻春日美景应接不暇；"一时新"突出了初春美景是令人耳目一新的惊喜，引人入胜。诗人没有去描写细部，而是在整体上把握初春风光，落笔空间广大。

　　"等闲识得东风面，万紫千红总是春。"人们可以轻易认出春天的面貌，因为万紫千红的花儿代表着春天。"一时新"的惊喜过后，诗人便陶醉其中，春天的美景似乎在他眼前铺展开来。花儿们共同构成了春的面貌，却美得各不相同，每朵花都自然地展露自己的个性，更突出了春日的生机盎然。

　　《春日》中的景色固然优美，但如果我们仅仅把它当作一首单纯的写景诗，那么它的神韵便失去了一半。

这首诗的作者朱熹，除了写诗，最负盛名的是另外一个身份：儒学学者。他是孔庙陪祭孔子的十二贤者之一，是儒学的集大成者，是唯一非孔子亲传弟子却在孔庙被祭祀的思想家。要理解这首诗，就必须与他儒学学者的身份联系起来。

泗水是孔子讲学的圣地，在诗人生活的年代，泗水已被金人所占，诗人不可能去泗水赏春。因此，实际上，这首诗是诗人想象中的一次神游，并非真正游赏泗水。"寻芳"是指寻觅圣人之道，在圣地，儒学的"无边光景"广阔远大，焕然一新。在后两句中，诗人把孔子之道比作唤醒万物的春风，万紫千红则是形容儒学的丰富多彩。

因此，《春日》不仅有优美的春日美景，还有丰富的理学内涵，表达了诗人对春天的赞美和对圣人讲学之地的崇敬与热爱。

忆江南①三首（其一）

❖（唐）白居易

江南好，风景旧曾谙②。日出江花③红胜火④，春来江水绿如蓝⑤。能不忆江南？

注释

①忆江南：词牌名。

②谙（ān）：熟悉。诗人年轻时曾三次到江南。

③江花：江边的花朵。一说指江中的浪花。

④红胜火：颜色鲜红胜过火焰。

⑤绿如蓝：绿得比蓝草还要绿。如，有胜过的意思。蓝，蓝草，其叶可制靛青染料。

赏析

　　江南是指现在的长江中下游以南，在古代，其主要范围在吴国和越国一带。

　　江南美，美在春天。江南的春天温暖湿润，阳光明媚，百花竞放，生机盎然。又是一年春天，白居易身在洛阳，看见眼前的朦胧春景，便怀念起江南的美景来。

　　"江南好，风景旧曾谙。"江南多好啊！那风景我早已熟悉。诗的第一句，开门见山地点明主题，对江南真挚的感情跃于纸上。第二句写出了白居易对江南的好印象，不是道听途说，而是亲眼所见。江南，诗人不止去过一次，诗人对江南已经像老朋友一般熟悉了。白居易年轻的时候曾在苏杭游览，后来任杭州刺史两年，又任苏州刺史一年，因此他与江南的感情极深，也对江南十分了解。那么在他眼中的江南是什么样的呢？紧接着三四两句，描写了他对江南的印象。

　　"日出江花红胜火，春来江水绿如蓝。"太阳从江面升起，把江边的鲜花照得比火还红，春天来了，江

水比蓝草更绿。这两句是描写江南的名句，用饱满的色彩，勾勒出江南春日的风景图。"日出"和"江花"互相映衬，让红色更加明亮、鲜艳；"绿如蓝"中的"蓝"是蓝草的意思，"如"是胜于的意思，蓝草是制作靛蓝染料的原料。蓝草的叶子是绿色的，"绿如蓝"是指江水的颜色比蓝草的叶子还要绿，是一种更正的绿色，并不是绿得发蓝、蓝绿色的意思。如火焰一般的光芒洒在澄绿的江面上，红与绿，形成强烈的对比，在视觉的冲击下，春日鲜活的生命力得以焕发。

"能不忆江南？"最后一句是诗人的反问，也是赞叹。言有尽而意无穷，抒发了诗人对江南的眷恋。

绝句二首（其一）

❖（唐）杜　甫

迟日^①江山丽，
春风花草香。
泥融^②飞燕子，
沙暖睡鸳鸯^③。

注释

①迟日：春季太阳落山渐晚，所以说"迟日"。

②泥融：这里指泥土滋润、湿润。

③鸳鸯：一种水鸟，雄鸟与雌鸟常双双出没。

赏析

　　绝句是一种古诗体裁，唐代诗人杜甫写过许多以《绝句》为题的诗，其中最简洁明快的就是这一首。这首诗的用词简单易懂，没有生僻字，让人仿佛置身在春意盎然的美景之中，不愧是千古流传的佳作。

　　"迟日江山丽，春风花草香。"春天的白昼变长，日光让山川变得更加秀丽。春风拂过，送来花草的香气。"迟日"是指太阳运行缓慢，迟迟归去，一个"迟"字，刻画出春日的慵懒闲适。"江山"紧随其后，仿若日光生了脚，一步步走过万里江山，光线在景物之上缓慢游移，自由倾泻。"丽"，简洁地写出了日光照射在景物上的光影效果。相对应的，春风拂过花草，留下扑鼻的香气。一个是视觉印象，一个是嗅觉气味，春天的美仿佛漫溢在读者身边，使人有身临其境之感。

　　"泥融飞燕子，沙暖睡鸳鸯。"在湿润的泥土上方忙着衔泥的燕子，暖和的沙子上睡着成双成对的鸳鸯。后两句对仗工整，叙述手法富有创意，把燕子衔泥、鸳鸯伏沙这两种春天常见的景象倒过来写，先写泥沙，再写动物，似是将春天定格，倒有一种清新自然的谐趣。"融"与"暖"从湿度和温度两方面形容了春天，无论是匆忙筑巢的动态的燕子，还是慵懒熟睡的静态的鸳鸯，都对大自然有最敏锐的感知，已和春天融为一体。

从天气到植物，从土壤到动物，杜甫为我们描绘了一幅春日全景图。唯美的、清香的、温暖的、湿润的、和谐的、明媚的……恰是我们心中春天的模样。而诗人在哪里呢？诗人已经完全遗忘了自己。也许，他看着这一众景物，幸福之感油然而生，早已陶醉在温柔的春风里。

韩　愈（768—824 年），字退之，河南河阳（今河南省孟州市）人，世称韩昌黎、昌黎先生。唐代杰出的文学家、思想家、哲学家、政治家。长庆四年（824 年），韩愈病逝，享年 57 岁，追赠礼部尚书，谥号"文"，故称"韩文公"。韩愈是唐代古文运动的倡导者，被后人尊为"唐宋八大家"之首，与柳宗元并称"韩柳"。后人还将韩愈、柳宗元、欧阳修和苏轼合称"千古文章四大家"。韩愈提出的"文道合一""气盛言宜""务去陈言""文从字顺"等散文写作理论，为后世作文指引了正确的方向。 著有《韩昌黎集》《外集》《师说》等作品。

早春呈①水部
张十八员外二首（其一）

❖（唐）韩　愈

天街②小雨润如酥③，
草色遥看近却无。
最是④一年春好处⑤，
绝胜⑥烟柳满皇都⑦。

注释

①呈：恭敬地送给。

②天街：京城街道。

③润如酥：细腻如酥，其中的"酥"指动物的油，

在这里形容春雨的细腻。

④最是：正是。

⑤处：时。

⑥绝胜：远远胜过。

⑦皇都：帝都，这里指长安。

赏析

　　当燕子从南方飞回北方，当河流表面的冰层融化，当蛰伏的生物重新苏醒，早春带着封藏了一整个冬季的生机终于悄然浮现。

　　此时的韩愈心情甚好，他邀请时任水部员外郎的诗人张籍游春。张籍却说自己老了，最近事务繁忙，一点游春的雅兴都没有。于是韩愈便写下这首诗，让张籍看看早春的美好而不要错过这美景良辰。

　　"天街小雨润如酥，草色遥看近却无。""天街"是指京城的街道。小雨淅淅沥沥地下着，像酥油一般绵密细腻，润泽万物。在远处看，一层浅浅的青草色，浮在大地之上，近看却消失得无影无踪。前两句是这首诗的点睛之笔，正是有了小雨的滋养，那些纤细的嫩芽才会长出来，毛茸茸的，俏皮可爱又富有生机，写出了早春的朦胧美、清新美。"遥看"和"近"相对，远近结合，生动自然，饶有趣味。那一丝丝若有若无的春意，美不胜收，值得张籍前来观赏。

"最是一年春好处，绝胜烟柳满皇都。""处"是"时候"的意思，韩愈说，这是一年中春色最美的时节，远远超过满城烟柳的晚春。的确，相比晚春的景色，早春的朦胧浅草更显清新、可爱，富有诗意。如果不是诗人提起，我们或许还没有感觉到早春的美好，正是通过与晚春的对比，我们才能从一个别出心裁的角度去观察春天。

如此动人美景，不去游览岂不可惜？赏春无关年龄和繁忙官事，最重要的是有一颗热爱大自然、热爱生命的心。写作这首诗时，诗人已经 56 岁，却还保持着良好心态，不被年龄牵绊，不为官事烦忧。这早春的蓬勃生机，不正是诗人良好心态的写照吗？

旅途见闻

登岳阳楼①（节选）

❖（唐）杜　甫

昔闻洞庭水②，
今上岳阳楼。
吴楚东南坼③，
乾坤④日夜浮。

注释

①岳阳楼：即岳阳古城西门楼，在今湖南省岳阳市，下临洞庭湖，为游览胜地。

②洞庭水：即洞庭湖。

③坼（chè）：分裂。

④乾坤：这里指日、月。

赏析

　　岳阳楼在今湖南省岳阳市，与黄鹤楼、滕王阁并称"江南三大名楼"，也是其中唯一保持原貌的建筑。在岳阳楼上，能看见大片的洞庭湖，场面壮美。洞庭湖在岳阳楼旁边，是我国第二大淡水湖。在古代，文人雅士常来登岳阳楼，观赏洞庭湖。

　　这天，杜甫来到岳阳楼游览。"昔闻洞庭水，今上岳阳楼。"洞庭湖声名远扬，今天终于登上了这岳阳楼，俯瞰洞庭美景。"昔闻"与"今上"相对，表明原来是听说，如今亲自登上岳阳楼，那种满怀期待的心情不言而喻。然而，等真的站在岳阳楼上，杜甫却已经快 60 岁了。他的心情，就不仅有得偿所愿的欣悦，更多的则是对时间更替的感慨。烟波浩渺的洞庭湖宁静而沉默，像是能够倾听他的半生衷肠。

　　"吴楚东南坼，乾坤日夜浮。"（一说"吴楚东南坼，乾坤日月浮。"）浩瀚的湖水将东南边的吴楚两地分隔开，日月星辰和大地昼夜都似乎浮于湖面之上。后两句写出了洞庭湖浩瀚辽阔的美景。"坼"是分裂、裂

缝的意思，像是水能把吴楚之地切割开，后流于大地的裂缝中，才形成了洞庭湖。这是用夸张的修辞手法，写洞庭湖之大，也写出了湖水波涛汹涌的力量；"浮"是漂浮、悬浮的意思，日月星辰、白昼黑夜都悬浮在洞庭湖之上，这是写洞庭湖不仅广阔，还包罗万象，能够容纳乾坤，也能托起日夜，把诗人站在四周围绕着洞庭湖湖水的岳阳楼上的感受描写得情真意切。后两句诗人把看到的实景与他的想象相结合，营造了富有想象力的场面，波澜壮阔，气势恢宏。

　　纵观全诗，"今"与"昔"是时间上的对比，"东南"和"乾坤"是空间上的对比，时间与空间交错，真实与虚幻共生。寥寥数笔，包罗万象，真可谓名篇佳作。

田园生活

鹿　柴①

❖（唐）王　维

空山不见人，
但②闻③人语响。
返景④入深林，
复⑤照青苔上。

注释

①鹿柴（zhài）：王维在辋川的别墅之一。
柴：用树木围成的栅栏。

②但：只。

③闻：听见。

④返景（yǐng）：同"返影"，太阳将落
时通过云彩反射的阳光。

⑤复：又。

赏析

  鹿柴是王维在辋川的别墅之一，在今陕西省内。王维曾经在此和他的挚友裴迪赋诗唱和，共得四十篇，结成《辋川集》，《鹿柴》就是其中的一首。王维不仅是一个有名的诗人，也是画家、音乐家，在他的诗中，能看出他对光影和声乐精湛的把握。

  "空山不见人，但闻人语响。"山中空荡荡，看不见一个人影，却能听到人说话的声音。这是怎么回事呢？大抵是在山林中，人说话的声音在空谷中回荡，传来阵阵回音，但声音的源头可能非常远，更辨不清方向。只有空旷邈远，才能有这样的效果，这就更加突出了"空"字。

  "返景入深林，复照青苔上。"太阳快要落山了，阳光通过云层反射出光辉，照入深林，又映在幽深的青苔上。幽深的树林本来应是漆黑一片，但夕阳红艳似火的光芒洒在云彩上，又通过云层的反射，穿过密林，影影绰绰地落在青苔上，形成一片斑驳……光线回环，繁复唯美，有一种独特的诗意。青苔本来就生在阴暗潮湿之处，而"深林"更写出了山林的茂密无光，这是从正面形容山林之幽深；云层反射的光若是在光明之处，一定会和光明融为一体，正是因为照在暗处，才能成为一束光的形状，这是从反面衬托山林之幽深，与前两句写山林的空静，有异曲同工之妙。

纵观全诗，诗人用"人语"写山的空静，用阳光写林的幽深，都是从反面的细节入手，巧妙道出对景物的印象。而幽深的地方往往寂静，全诗对声色的描写遂连成一个整体。这首诗用词简约，如同一幅写意画；和谐一致，如同一首奏鸣曲。每一笔光影、每一弦乐音，都体现了王维的匠心独具。

风景名胜 游历

江畔独步寻花七绝句（其六）

❖（唐）杜 甫

黄四娘①家花满蹊②，
千朵万朵压枝低。
留连③戏蝶时时舞，
自在娇④莺恰恰⑤啼。

注释

①黄四娘：杜甫住在成都草堂时的邻居。

②蹊（xī）：小路。

③留连：留恋，舍不得离去。

④娇：可爱的样子。

⑤恰恰：象声词，形容鸟叫的声音和谐动听。一说"恰恰"为唐时方言，恰好之意。

赏析

　　《江畔独步寻花七绝句》是组诗，共七首，本书收录了第五首和第六首。这首诗接上文，在黄师塔前发出"可爱深红爱浅红"的感慨过后，杜甫在回家的路上路过邻居黄四娘家，被铺满小路的花震撼，流连忘返。

　　"黄四娘家花满蹊，千朵万朵压枝低。"黄四娘家门前的小路两侧开满了花，茂密繁盛的花把枝干都压得弯了腰。杜甫把邻居黄四娘的名字写进了诗里，颇有民间烟火气息。"千朵万朵压枝低"是对"满"的具体描绘，"满"字是对画面的整体总结。花原本是很轻的，却将枝干"压低"，更说明了花的数目之多。铺天盖地的花，开得茂盛，开得绚烂，层层叠叠，竞相绽放，表现出春天欣欣向荣之景象。

　　如果只是写春花的繁茂，或许过于单薄。因此后两句诗人便将目光转向在花丛间的昆虫等小动物。嬉戏的蝴蝶在花丛中时时飞舞，流连忘返，可爱的黄莺在树枝上"恰恰"鸣叫，自由自在。后两句写了动态

的蝴蝶、黄莺，它们之所以在此流连忘返，活泼自在，是因为花朵不仅繁密，还香气远溢、色彩艳丽……繁花不再是如画一般静止的风景，而是鲜活的生命，是能与蝴蝶共舞、百鸟共鸣的生物。诗人用动静结合的手法，衬托花的生机盎然，芳香迷人。

这首诗的对仗十分工整，前两句"四"与"千""万"相对，形成花繁叶茂的景象；后两句每个字都相互呼应，展现了动物的灵动活泼。此外，这首诗还使用了叠词，让句子富有音律感。不仅有"时时"和"恰恰"，还有"千朵万朵"这样的跨字叠词，"家"与"花"、"枝"与"低"也有相同韵脚，读起来朗朗上口，流畅舒适。

旅途（船上）见闻

襄邑①道中

❖（宋）陈与义

飞花两岸照船红，

百里榆堤②半日风。

卧看满天云不动，

不知③云与我俱东④。

注释

①襄邑：宋代县名，
即今河南省睢县，当时有
汴河通东京（今河南省开
封市）。

②榆堤：指汴河之
堤，当时种满榆树。

③不知：不知道。

④俱东：指一起向东。

赏析

　　陈与义是南北宋之交著名的诗人，杜甫是他的偶像。他的诗作前期明快俊朗，后期忧国忧民，擅长借景咏物。这首《襄邑道中》是他现存于世的十余首诗之一，是他在入京途中所作。那时的他踌躇满志，路途中又顺风顺水，因此写下了这首快意豪迈的诗作。

　　"飞花两岸照船红，百里榆堤半日风。"两岸飞舞的花瓣将风帆映照成红色，沿着堤坝有绵延数百里的榆树，因为顺风，半日就驶完了全程。前两句色彩明丽：飞花的红、榆堤的绿、船的点点微红渐染、河水的碧波白浪，形成了一幅色泽浓郁的山水画。"飞花"与"半日风"让无形的风变得可被感知，它扰乱了静谧的群花，又推动着扁舟疾驰，自由且欢快，轻盈且了无牵挂，像极了诗人现在的心情。

　　"卧看满天云不动，不知云与我俱东。"躺在船中，看着满天云朵静止不动，却不知它和"我"一样都在

疾驰向东。船在水中飞速疾驰，而云在空中也是一样。
后两句写出了云朵移动之快，侧面反映了风的速度之
快，一个"卧"字，又显出诗人的闲适心情。风推动
着风帆，也吹动着云彩，让小船和云一同疾驰。既然
如此，那船在水中，就如同云在天空一样轻盈。"云
不动"和"俱东"的反差，更能体现大自然的奥妙和
趣味，反映人与自然的和谐统一。

纵观全诗，诗人无一处不在写风，却只有第二句
出现了"风"这个字。正因为风的强势、风速之快，
两岸才能出现纷飞的花瓣，百里榆堤才能半日就走完，
云与舟才能同时前进。全诗潇洒欢快，体现出诗人轻
快而闲适的心情，像风一样自由。

舟夜书所见

❖（清）查慎行

月黑见渔灯^①，
孤光^②一点萤^③。
微微风簇浪^④，
散作满河星。

注释

①渔灯：渔船上的灯火。

②孤光：孤零零的灯光。

③萤：萤火虫，比喻灯光像萤火虫发出的萤光一样微弱。

④风簇浪：风吹起了波浪。簇，聚集，簇拥。

赏析

　　河水在灯火的映照下，往往美丽而梦幻。灯火赋予了河水新的生命，在夜色的掩映下越发明亮动人。

这首《舟夜书所见》便是诗人查慎行在停泊的船上过夜时，根据所见所思写下的五言绝句。

"月黑见渔灯，孤光一点萤。"漆黑的夜晚看不见月亮，只看见渔船上的灯火。孤零零发出微光的渔灯，像点缀夜空的一只萤火虫。前两句描写了河面夜色的静谧，"月黑"是"没有月亮的黑夜"的意思，用月黑和渔灯做对比，形成强烈的反差，也正因为没有月光，才更显出渔灯之亮。诗人将渔灯比作萤火虫，写出了渔火的微弱，也为渔火赋予了灵动生机。这里的"孤"字表明渔灯只有一盏，而诗人则是在停泊的孤舟上过夜，一种孤寂、凄清的感受油然而生。

"微微风簇浪，散作满河星。"微微的风吹起了波浪，波光荡漾，像散落了满河的星。后两句描写河面在微风吹拂下的动态画面，叠词"微微"让风更加轻柔，更有层次感，仿佛水面的波纹渐次漾开。风使得浪花聚集在一起，形成一道道褶皱，折射了渔船灯火，一时波光闪闪，细碎灵动，如同星星散落铺满河面。

从渔灯到萤火虫，从微风到星星，诗中的每个意象都细小精致，所传达的感情也是细腻微妙的。诗人写出了河水的两种状态，动静结合，从夜晚极静写到微风涌起，无论是静态的水还是动态的水，都格外灵动、唯美。

查慎行 5 岁时就能作诗，半百后成为翰林（清朝编纂典籍的职业），颇受康熙皇帝宠信。通过他的诗，我们会发现他有一双细腻澄澈、善于发现美的眼睛。

旅途的惊喜

大林寺桃花

❖ （唐）白居易

人间①四月芳菲②尽③，
山寺④桃花始⑤盛开。
长恨⑥春归⑦无觅⑧处，
不知⑨转⑩入此中⑪来。

注释

①人间：指庐山下的平地村落。

②芳菲：盛开的花，亦可泛指花，花草艳盛的阳春景色。

③尽：指花凋谢了。

④山寺：指大林寺。

⑤始：才，刚刚。

⑥长恨：常常惋惜。

⑦春归：春天回去了。

⑧觅：寻找。

⑨不知：岂料，想不到。

⑩转：反。

⑪此中：这深山的寺庙里。

赏析

　　大林寺在赫赫有名的庐山之上，是庐山"三大名寺"之一。它曾是佛教圣地。虽然现在原寺已经不在，但那条白居易曾赞颂过的花径，仍旧桃花灼灼。透过诗人的妙笔，我们依旧能看见大林寺的美景，能感受其中的无限禅意。

　　"人间四月芳菲尽，山寺桃花始盛开。"到了四月，平地村落已是百花凋谢，而大林寺的桃花才刚开始盛开。当年初夏，白居易与朋友出行，心中仍在挂念刚刚逝去的春日美景，不觉对万花凋谢感到惋惜。然而在大林峰上，忽然得见盛开的桃花，失落的心情瞬间转为惊喜。从"芳菲尽"到"始盛开"的心情转变，比原本就看见美景更让人激动，在惊喜的心情下，山寺的桃花显得更加美丽，更加令人惊叹。"人间"与"山寺"相对，在诗人心里便是现实与仙境的反差，为山寺增添了一丝世外桃源、遗世独立的仙气。

"长恨春归无觅处，不知转入此中来。"常常惋惜春日既去，便无处赏花，谁曾想春花仍旧绽放在这深山寺庙！惊喜过后，诗人心生感慨：原来是自己错怪了春光。这种愧疚又充满喜悦的心情，恰恰是"幸"，既幸运，又幸福。庆幸春不是匆匆而去，而是躲到这山寺旁，在无人知晓的密林之中，不争不抢，寂静生长。诗人第二句写桃花，第三句写春光，是将春光具象为桃花；"转入此中来"又将春光拟人化，让春天似乎拥有了高洁的品格。

这首诗本来写了一个常见的自然现象，即海拔高的地方温度低，山顶和山下的温差大。在诗人富有想象力和童趣的世界里，自然现象变成了一场美丽的奇遇，浪漫又充满禅意。

早发①白帝城

❖（唐）李　白

朝②辞③白帝彩云间④，
千里江陵⑤一日还⑥。
两岸猿⑦声啼⑧不住⑨，
轻舟已过万重山⑩。

注释

①发：启程。

②朝：早晨。

③辞：告别。

④彩云间：因白帝城在白帝山上，地势高耸，从山下江中仰望，仿佛耸入云间。

⑤江陵：今湖北省荆州市。从白帝城到江陵约600千米。

⑥还：归，返回。

⑦猿：猿猴。

⑧啼：鸣、叫。

⑨住：停息，一作"尽"。

⑩万重山：层层叠叠的山，形容有许多山。

赏析

　　重庆奉节白帝城在三峡之一的瞿塘峡峡口北岸，三面环水，地理位置优越，因此在古代就成了兵家必争之地。西汉末年，公孙述割据蜀地，自号白帝，因此他所建的这座城名叫白帝城。历史上许多著名诗人都曾游览过白帝城，并留下大量诗作，所以白帝城又名"诗城"。与其他诗人不同的是，李白是在流放途中遇赦返回时经过白帝城的，因此诗作的重点不是白帝城，而是瞿塘峡两岸的风景，也抒发了诗人被赦免后畅快的心情。

　　"朝辞白帝彩云间，千里江陵一日还。"早上离开在彩云之间的白帝城，仅需一日就能到达

600 千米外的江陵。白帝城在白帝山上，地势很高。李白在江上舟中仰望，白帝城就像在彩云之间一样。第一句充满了色彩感，让读者仿佛身临其境；第二句中，白帝城到江陵 600 千米，居然一天就能到达，证明舟行速度非常快。而水流湍急的原因，正是因为白帝城到江陵的海拔落差大。顺水行舟，本就会令人开心，就像"百里榆堤半日风"一般；且李白本是被贬路过白帝城，但此时又被赦免，于是当即决定顺流而下去江陵，这种惊喜畅快的心情溢于言表。"还"有回归之意，江陵本不是李白的家乡，使用"还"字足以说明他对江陵的亲切之情。

"两岸猿声啼不住，轻舟已过万重山。"两岸猿猴的啼叫声从未止息，那艘轻巧的小舟已经穿越了重重山峦。舟在水中飞快"游"动，猿啼之声遍布群山，连绵不绝，因此有"不住"之感。猿啼声的不尽也表明群山绵延，没有尽头，正对应了"万重山"。而一个"轻"字不仅生动地表明了舟行之快，更表达了诗人畅快淋漓、轻松自得的心情。

三衢道中①

❖（宋）曾　几

梅子黄时②日日晴，
小溪泛③尽④却⑤山行。
绿阴⑥不减⑦来时路，
添得黄鹂四五声。

注释

①三衢（qú）道中：在去三衢州的道路上。

②梅子黄时：指五月，梅子成熟的季节。

③泛：乘船。

④尽：尽头。

⑤却：再。

⑥绿阴：苍绿的树荫。

⑦不减：并没有少多少，差不多。

赏析

　　三衢山在当今的浙江省衢州市常山县内，地质复杂而古老，属喀斯特地貌，有许多生物礁和溶洞等，是研究古地质的重要地区。这一年的初夏时节，旅游爱好者、诗人曾几来到三衢山，陶醉于美好的景色，写下了这首《三衢道中》。

　　"梅子黄时日日晴，小溪泛尽却山行。"梅子成熟的季节，多是晴朗天气，乘舟行至小溪的尽头，再徒步走山路。"梅子黄时"指的是江南地区的梅雨季节，这段时间多数地方常常有持续数天的大雨。可此时在三衢山，却是阳光明媚。诗人惊喜万分，心情也随着天气愈加明朗。他随性地在溪上泛舟，沿着溪水一路漫游到尽头，仍然不尽兴，就弃舟登岸开始往山上走。"却"在这里是"再"的意思，生动地刻画出了诗人意犹未尽的心情。轻快、悠然的夏日旅行，就像品尝一颗黄梅，酸甜可口，沁人心脾。

　　"绿阴不减来时路，添得黄鹂四五声。"苍翠的树荫和来时路上的一样茂密，只是增添了黄鹂的歌声。

紧接着上句的"山行"，后两句刻画了诗人在三衢山上的见闻。诗人没有描写去程的风景，而是通过对返程见闻的描写，间接说明了去程的景色。这一来一去，诗人游览了两次，仍旧余兴不减，徜徉在这绿荫蔽日生机盎然的夏景之中。更有意思的是，归途中，诗人还发现了新的惊喜——"添得黄鹂四五声"。一个"添"字说明了诗人对这次旅行的热爱，景色无论看多少次，怎么看，都不够。黄鹂的歌声为静态的景物增添了几分动感，更表明了诗人内心深处的喜悦之情。

敕勒①歌

❖ 北朝民歌

敕勒川②，阴山③下。
天似穹庐④，笼盖四野⑤。
天苍苍⑥，野茫茫⑦。
风吹草低见⑧牛羊。

注释

①敕勒（chì lè）：我国古代少数民族，北齐时居住在朔州（今山西省北部）一带。

②川：平川、平原。

③阴山：在今内蒙古自治区北部。

④穹庐（qióng lú）：用毡布搭成的帐篷，

即蒙古包。

⑤四野（yǎ）：草原的四面八方。

⑥天苍苍：天蓝蓝的。苍，青。

⑦茫茫：辽阔无边的样子。

⑧见（xiàn）：同"现"，显露。

赏析

　　在北朝时期，鲜卑、匈奴等少数民族统治着北方地区，他们创作的大量民歌被称为"北朝民歌"。北朝民歌多描写北方游牧民族的生活、戈壁草原的壮丽风光。《敕勒歌》就是一首北朝民歌，它描写了敕勒平原的壮美风景，抒发了游牧民族特有的豪迈情怀。

　　"敕勒川，阴山下。天似穹庐，笼盖四野。"在阴山脚下，有一片敕勒族人生活的平原。那里的苍穹像蒙古包的盖子一般，将草原的四面八方笼罩起来。敕勒川指敕勒人居住的平原一带，位于阴山脚下。阴山高耸入云，而敕勒川一望无垠，开头的六个字简洁有力，描绘出宏大的空间感。紧接着，诗歌又对景物做了进一步象征性的描述：天像穹盖一般广大，仿佛也有了弧度，能将万里原野容纳其中。诗歌用夸张的修辞手法，让我们感受到了天与地的广阔无垠，天地相接，颇有宁静壮丽的气概。

"天苍苍，野茫茫。风吹草低见牛羊。"蓝蓝的天空下，一望无垠的旷野间，一阵风吹过，牧草低伏，显露出牛羊的身影。"苍"是青色的意思，诗人运用叠词，加重语气，进一步形容天地之辽阔，塑造了苍茫的天地连成一片、浑然一体的场景。风能将草吹低，说明风之大。可不是吗！在空旷邈远的天地之间，空气的流动自然会变得更加自由、畅快。敕勒人的性格就像这自由的风一样，开朗、豪放。

"见"是显露的意思，这个字写出了牛羊在草原上吃草时的静谧、悠闲、慵懒之态。如果不是有风吹来，牧草就会将牛羊遮盖住，这里还侧面写出了牧草的繁茂。在敕勒川上，一切仿佛都是那么清新明快、自然而然、舒适自在，抒发了作者对北国风光的热爱之情。

凉州词二首（其一）

❖（唐）王之涣

黄河远上①白云间，
一片孤城②万仞③山。
羌笛④何须⑤怨杨柳⑥，
春风不度⑦玉门关⑧。

注释

①远上：远远向西望去。

②孤城：指孤零零的戍边的城堡。

③仞：古代的长度单位，一仞相当于七尺或八尺（约等于213厘米
或264厘米）。

④羌笛：羌族乐器，属横吹式管乐。

⑤何须：何必。

⑥杨柳：指的是《折杨柳》曲。古诗文中常以杨柳喻送别情事。

⑦度：吹到过。

⑧玉门关：因由西域向中原输入玉石时取道于此而得名，是古代通往西域的要塞。

赏析

　　《凉州词》是唐代诗人王之涣的组诗作品，共两首，本书收录的是第一首，描写了西北边塞的壮丽风景。在辽阔的大漠远眺黄河，意境邈远，万里江山尽收眼底。

　　"黄河远上白云间，一片孤城万仞山。"黄河如同一条丝带，翩翩飞上云端。戍边城堡在万仞高山之中，显得十分孤寂。前两句，诗人就用极为丰富的想象力，勾画出了黄河上游的独特之处。不同于"黄河入海流""黄河之水天上来"等描写黄河的诗句，《凉州词》中的黄河似乎可以倒流，直上白云间，这说明黄河上游的水十分宁静，仿佛是静止的一条缎带，在云缭雾绕中分辨不出流动的方向。"白云间"形容黄河源头之高，"万仞"也写出了群山之高。"一"与"万"形成鲜明对比，更能反映出这座边疆之城的孤独、空旷、

遐远，山高水长，为全诗奠定了壮丽广阔的基调。

　　"羌笛何须怨杨柳，春风不度玉门关。"羌笛何必吹起那首哀怨的《折杨柳》呢？春风是吹不到这玉门关的。后两句借景抒情，写出了浓浓的思乡之愁。在唐朝时期，人们常常折杨柳以示送别，乐府歌曲《折杨柳》也是表达了送别的离愁别绪。诗人夸张地讽喻道，在这荒凉的边疆是不会有春风的。没有春风自然也不会有杨柳，折杨柳都做不到，何必有那离情别绪？诗人在劝慰士兵，也在劝慰自己，既然来到边疆，就安心戍边，谨记心中责任，不再听那《折杨柳》，不再追忆浓浓的离愁。

　　身为盛唐诗人，王之涣没有一味地抱怨统治者，却难掩心中愁郁。虽然诗人在自讽，但他的心态仍是乐观积极的，在诗句中表达了他愿意承担戍边责任的宽广胸襟。

泊秦淮①

❖ （唐）杜　牧

烟②笼寒水月笼沙，
夜泊③秦淮近酒家。
商女④不知亡国恨，
隔江犹唱后庭花⑤。

注释

①秦淮：秦淮河，历代均为繁华的游赏之地。

②烟：烟雾。

③泊：停泊。

④商女：以卖唱为生的歌女。

⑤后庭花：歌曲《玉树后庭花》的简称，后世把此曲作为亡国之音的代表。

晚唐时期，藩镇割据，看似兴荣繁盛的国家，实则已千疮百孔。

"烟笼寒水月笼沙"，寒冷的水面烟雾缭绕，月光冰凉，仿佛笼罩着清冷白沙。两个"笼"字，让烟雾、寒水、月色与白沙浑然一体，相互掩映，显出氛围更加凄清冷寂。茫茫夜色，清冷却不澄澈，浑浊却白晃晃，正如国家的命运，沉沦在冰冷迷雾中。诗句的开头用寥寥数笔，奠定了全诗的情感基调，表达了诗人沉郁的心情。

"夜泊秦淮近酒家"，杜牧所乘之船在秦淮河停泊的地点，靠近岸边的酒家。这时，他听到了岸上传来的袅袅歌声。仔细一听，竟是那首亡国之歌《玉树后庭花》。这首歌是南朝昏君陈后主所作。他不问朝政，沉迷玩乐，穷奢极欲，最终导致了国家的灭亡，因此这首歌被后世当作亡国之音的代表。在晚唐国家没落之际，仍有人歌舞升平，唱的正是这首亡国之歌，多么讽刺！因此杜牧发出了"商女不知亡国恨，隔江犹唱后庭花"的感叹：歌女不知道亡国之恨，隔着江水仍然在唱这首《玉树后庭花》！歌女以卖唱为生，不关心歌曲的意义，只关心听众喜欢什么。这首歌之所以这么流行，证明当时喜欢听这首歌的人不在少数。杜牧表面在讽刺演唱靡靡之音的歌女，实则在讥讽贪图玩乐、不关心国家危亡的众人。

这些听歌的官僚贵族正如当年的陈后主，不关心国家危亡，只知用声色歌舞来填补他们空虚的灵魂。他们代表着晚唐官僚贵族的大多数，是亡国之徒的写照。一句辛辣的讽刺，透露出杜牧对国家危亡的关切和失望，表达了诗人浓浓的爱国情怀，爱之深，责之切。

赤　壁

❖（唐）杜　牧

折戟①沉沙铁未销②，
自将③磨洗④认前朝⑤。
东风⑥不与周郎⑦便，
铜雀⑧春深锁二乔⑨。

注释

①折戟：折断的戟。

②销：销蚀。

③将：拿起。

④磨洗：磨光洗净。

⑤认前朝：认出戟是东吴破曹时的遗物。

⑥东风：指火烧赤壁事件。

⑦周郎：指周瑜，三国时期吴军大都督。

⑧铜雀：铜雀台，台上住姬妾歌妓，是曹操暮年行乐处。

⑨二乔：东吴乔公的两个女儿，一嫁孙策（孙权兄），称大乔；一嫁周瑜，称小乔，合称"二乔"。

赏析

　　赤壁在今湖北省赤壁市，是著名的古战场。提到赤壁，就不能不提三国时期的著名战役——赤壁之战，正是这场战役让赤壁名垂青史。

　　东汉末年，曹操统一北方后，想要继续讨伐南方，统一南北。孙权与刘备联合，在赤壁与曹操开战。曹操率领的北方军队不习惯水上作战，就把船首尾相接连在一起，以达到在船上作战如履平地的效果。孙权手下的大都督周瑜用火攻击曹军，趁着东南风，火势迅速在曹军中蔓延，导致曹军大败，退居北方，形成三国鼎立的局面。这首诗便是引用了赤壁之战的典故。

　　"折戟沉沙铁未销，自将磨洗认前朝。"在泥沙中找到一把折断的戟，未被土壤销蚀。把它打磨清洗之后，发现是前朝的遗物。那年，杜牧经过赤壁这个地方，在泥沙中发现了三国时期的兵器，顿时思绪万千。前两句说明诗人想到赤壁之战的起因，不难想象，诗人

在拿到折戟之后一边磨洗，一边陷入对过往的沉思，吸引读者与诗人一起拨开层层历史迷雾，追忆起那场战争来。

"东风不与周郎便，铜雀春深锁二乔。"如果东风不给周瑜方便，那么现在大乔和小乔，应该已经被锁在曹操的铜雀台之中了。大乔和小乔是乔公的两个女儿，也分别是孙策和周瑜的夫人。后两句的意思是，如果赤壁之战周瑜没有打赢，那么曹操已经一统天下，孙策和周瑜的夫人也会被掳走。要是贵夫人都沦落到如此境地，就更不要说黎民百姓了。诗人没有直接点明政权更替给百姓带来的疾苦，而是用二乔作为代表引出战败后果，写作手法别出心裁；没有正面写赤壁之战胜利的好处，而是写了赤壁之战失败的坏处，让诗歌张力满满。

过华清宫①绝句三首（其一）

❖（唐）杜 牧

长安回望绣成堆②，
山顶千门③次第④开。
一骑红尘⑤妃子⑥笑，
无人知是⑦荔枝来。

注释

①华清宫：唐玄宗修建的行宫，唐玄宗偕
杨贵妃曾多次驾临华清宫，并在此处过冬。

②绣成堆：骊山右侧有东绣岭，左侧有
西绣岭。唐玄宗在岭上广种林木花卉，郁郁葱葱。

③千门：形容山顶宫殿壮丽，门户众多。

④次第：依次。

⑤红尘：这里指飞扬的尘土。

⑥妃子：指杨贵妃。

⑦知是：一作"知道"。

赏析

　　华清宫在今陕西省西安市，是唐玄宗的别宫，又称华清池，坐落于骊山之上，背山面渭，亭台楼阁倚山势而筑，旖旎壮丽，其中遍布着大大小小的温泉。华清宫富丽堂皇，美不胜收，与颐和园、圆明园、承德避暑山庄并称为中国四大皇家园林。在唐代，唐玄宗常常偕杨贵妃来此度假，阵仗十分庞大，甚至围绕着华清宫形成了一座新的城市。每当游幸之时，华清宫歌舞升平，华灯璀璨，欢声笑语。然而当唐朝逐渐走向衰亡，这座宫殿便繁华不再，开始破败凋零。此时的杜牧路过华清宫，追忆起唐玄宗和杨贵妃骄奢淫逸的生活，不禁怅然，写下《过华清宫》三首组诗。本书节选了第一首，主要讲述了唐玄宗为博杨贵妃一笑，不惜役使快骑，千里迢迢为其运来荔枝的故事。

　　"长安回望绣成堆，山顶千门次第开。"从长安回望骊山，骊山如同一堆锦绣，放置在大地之上。此时，山顶的华清宫，层层城门依次打开。前两句写远望骊

山的观感，不仅交代了华清宫的位置还描绘了其周围的秀美景象。

"一骑红尘妃子笑，无人知是荔枝来。"一骑快马疾驰而入，扬起一阵尘土。在宫内，杨贵妃嫣然一笑，没有人知道，这是因为送来了荔枝鲜果。从第二句开始，镜头渐渐拉近，接连描写整个故事。"千门"衬托出王宫的华贵、森严，在打开的层层城门间突然出现了一匹快马，妃子也因为这快马的出现而露出笑容，令人不禁疑惑个中原委。最后一句，诗人道破玄机，原来如此大费周章，快马加鞭，只是为了能让妃子吃上新鲜的荔枝。这样如长镜头般的描写方法，举重若轻，让"送荔枝"这件事显得格外可笑。

诗人借对历史典故的描写，抒发了他对昏庸君王的辛辣嘲讽，实乃生花之妙笔。

惠崇①春江晚景二首（其一）

❖（宋）苏　轼

竹外桃花三两枝，
春江水暖鸭先知。
蒌蒿②满地芦芽③短，
正是河豚④欲上⑤时。

注释

①惠崇：亦称慧崇，福建建阳僧人，宋初九僧之一，能诗能画。《春江晚景》是惠崇所作画名，共两幅，一幅是鸭戏图，一幅是飞雁图。

②蒌蒿：草名。

③芦芽：芦苇的幼芽，可食用。

④河豚：鱼的一种，学名"鲀"，肉味鲜美，但是卵巢和肝脏有剧毒。每年春天逆江而上，在淡水中产卵。

⑤上：指逆江而上。

　　《惠崇春江晚景》是苏轼为惠崇的画《春江晚景》所作的题画诗。寥寥数笔，苏轼就勾画出了鸭戏图的活泼灵动。同样，微微春意渗透字里行间，跃然纸上。

　　"竹外桃花三两枝，春江水暖鸭先知。"早春，乍暖还寒，人们或许还未察觉到春天的降临。可在竹林外的桃花却先一步开放了，这便是对春天到来最好的暗示。能在竹林中看到远处的桃花，说明竹林是稀疏的，竹林和人们一样，还未从春寒中回过神来。写完了竹林，再看江中，那一群嬉戏的鸭子，已将春水回暖暴露无遗。前两句表达了同一个中心思想：鸭子与人们相比是先知，那么桃花与竹林相比也是先知。苏轼将动植物对春天的期盼、对生机的渴望、对春天的敏感写了出来，把春天将至未至的景象形容得妙趣横生。

　　"蒌蒿满地芦芽短，正是河豚欲上时。"岸边已长满蒌蒿，芦苇也冒出短短的幼芽，此时河豚正要逆流而上，从大海洄游到江河里来。后两句提到的蒌蒿、

芦芽，正是当地人烹饪河豚的配菜。苏轼将三者写在一起，人们就对春天可听、可触、可视，还可嗅，个中趣味油然而生。初春时节正宜做一道时令河豚美味，太早，抓不到河豚；太晚，芦芽就老了。虽然诗句有很多动词，但苏轼巧妙地将时间定格，仿佛一切美好都静止在初春时刻。

惠崇的画中或许有桃花、鸭子、芦芽，但不会直接点明春天。作为一首题画诗，苏轼将画中的深意和美感提炼表达了出来，可谓"诗中有画，画中有诗"。